敘詭筆記

呼延云◎著

中国古代异闻录2

那些历史上的神秘案件

浙江人民出版社

图书在版编目（CIP）数据

中国古代异闻录. 2 / 呼延云著. — 杭州 ：浙江人民出版社，2023.4

ISBN 978-7-213-10990-4

Ⅰ. ①中… Ⅱ. ①呼… Ⅲ. ①故事-作品集-中国-古代 Ⅳ. ①I242.7

中国国家版本馆CIP数据核字(2023)第033379号

中国古代异闻录·2

呼延云 著

出版发行：浙江人民出版社(杭州市体育场路347号　邮编　310006)

市场部电话：(0571)85061682　85176516

责任编辑：潘海林　李　楠

营销编辑：陈雯怡　赵　娜　陈芊如

责任校对：何培玉

责任印务：幸天骄

封面设计：异一设计

电脑制版：北京之江文化传媒有限公司

印　　刷：杭州钱江彩色印务有限公司

开　　本：710毫米×1000毫米　1/16　　印　　张：14.5

字　　数：158千字

版　　次：2023年4月第1版　　印　　次：2023年4月第1次印刷

书　　号：ISBN 978-7-213-10990-4

定　　价：58.00元

序言

诡案，顾名思义就是诡异的案件。

怎么个诡异法？消失的尸体、游走的头颅、隐身人强奸、擦洗不掉的“尸迹”……如果套用推理小说的行话就是“不可能犯罪”。

案诡，破案手法更诡。做梦破案、测字破案、马王爷显灵破案、黑旋风指引埋尸地点破案……桩桩件件，迷雾重重；阴森森鬼怪妖狐横行地，凄惨惨魑魅魍魉肆虐场；覆盆下几多沉冤处，公堂上凭谁来烛奸？“事虽暗昧，必有其间，要非审思研察，不能得也。”

我从小就爱读《子不语》《阅微草堂笔记》，因而一直在思考一个问题：笔记小说中那些言之凿凿、真实发生过的“诡案”，真的存在过吗？

后来读了《福尔摩斯探案集》，忽有所悟。如果福尔摩斯没有破获，不都可以归类为“诡案”么，不是都只能用“妖鬼”或“灵异”做解吗？

再后来读了虽被归入“公案小说”，实则是古代官员对自己所经办的各类案件作真实记录的《蓝公案》(《鹿洲公案》)，从“幽魂对质”“猪血有灵”等篇章，了解到了所谓“诡案”的种种真相。

很多年以后，当我看了横沟正史的《金田一探案集》、高罗佩的《大唐狄公案》、京极夏彦和三津田信三的那些讲述“世上没有不可思议的事，只存在可能存在之物，只发生可能发生之事”的小说，更加确信——古代笔记中那些真实发生过的“诡案”，大多是可以做出科学的、合乎逻辑的解答的。

由此可见，我们需要搞清楚的问题是，为什么古代社会出现了这么多的“诡案”和“诡异的破案”。

经过多年对古代笔记的阅读和思考，笔者总结出这样一句话——

“民装鬼以骗官，官扮神以愚民。”

简单地说，就是在科学不昌的年代，有的罪犯会利用迷信，故意在案情中加入闹鬼的因素，从而扰乱视线，逃避刑罚；也有的官员利用迷信，故意在审案时安排托儿或制造假象，让百姓哗以为神，震慑罪犯。

还有的是官民互愚，你把案子装成鬼怪所为，我就把审案地点摆到城隍庙去；你请人夜半在官署墙外学鬼哭，我就请人三更在庙里摇神像……每一个人都在演戏，直到谁演不下去了为止。有时候演到最后，两边都忘了最初是为什么要粉墨登场，就是入戏太深，收不住了，非得一方把一方骗倒为止——真跟《封神榜》里的仙魔斗法一般，至于真凶是谁，案件的人证和物证是否可靠，谁管它？

这样的过程，古人美其名曰“斗智”，纪晓岚就说“有智出其上者，突起而胜之”。其实不然，在我看来，更准确的说法是“斗愚”，应该改成“有愚出其上者，突起而胜之”。

最后的结果，往往可笑又可悲，审判者依旧昏昏，被审者未必昭昭，既没有赢家，也没有输家。

当然，青天也是有的，苏无名、周新、况钟、明晟、蓝鼎元……所用的办案方法，无非是“细勘详鞫，揆情度理”八个字而已。只可惜相较庞大的官僚队伍而言，这样的人实在是太少太少了。何况民众不答应，总觉得一个好官如果没有“神”的加持，就算是明察秋毫，还是未免成色不足。

于是，不管是否出自本意，依然要编撰些“日审阳，夜断阴”的离奇故事，将其过度包装一番，眼见得他成为“非人”，心里才踏实。

长此以往，那些在断案中理性严谨的思维、客观公正的态度，和断案者一起，被刷上漆粉，摆上神坛，享受着小民的香火、供品和跪拜，进而却失去了所有在现实中的活性。

谁能说只有砍伐才是毁坏呢？谁又能说毁坏才是抹杀呢？或许正是因为对这一现象的不满，我从8年前在《北京晚报》上连载“叙诡笔记”专栏的那一刻起，就在选材上偏重对于古代“诡案”的破解，这些破解有的对，有的错，有的有理有据，有的穿凿附会……”但究余本心，是希望打碎神像，还其本来，让读者了解，在古老的中国，那些被百怪千玄之录、万民称颂之声重重遮蔽下的真相。把属于人的还给人。

呼延云

2023年2月

目录

第一章
名侦探：不可能犯罪与意外凶手

一、嘉庆年间，“福尔摩斯”智破空船案

“我看得出来，您到过阿富汗。”

正是这简简单单的一句话，却在过去130年的时间里，令所有推理小说爱好者神魂颠倒！因为这便是举世最伟大的侦探夏洛克·福尔摩斯在与华生初次见面时说出的第一句话；因为这句话突如其来，令人一头雾水，却又蕴含着“演绎推理法”的无限奥妙。

对“演绎推理法”，柯南·道尔在《血字的研究》一书中借福尔摩斯之口，做了通俗易懂而又精妙绝伦的阐释：“一个逻辑学家无须亲身见到或者听说过大西洋或尼亚加拉瀑布，他能从一滴水推测出它有可能存在，所以整个生活就是一根巨大的链条，只要能见到其中的一环，整根链条的情况就可以推想出来了。推断和分析的科学也像其他技艺一样，只有经过长期和耐心的钻研才能掌握……

通过全面细致的观察，捕捉目标对象的典型特征，按照正确的逻辑思维方式进行推理，并用证据来检验推理的正确性——正是这样的方式方法，促进了19世纪末刑侦科学在理论和实践上的巨大进步。

而在清嘉庆年间，江西省湖口县也出现了一个擅长运用“演绎推理法”的捕快曹福。《折狱奇闻》和《虫鸣漫录》这两部清代笔记，便清楚地记载了他破获各种奇案的精彩故事。

1. 吃饭时，他的脚为何总是踩空？

曹福和福尔摩斯非常相似的一点，就是擅长观察。

有一年夏天，曹福坐在官署门口的大树下，跟一群朋友喝茶下棋。这时，一个中年男人身着青色的绸子长衫，脚上穿着白色缎鞋，手里拿着一把折扇，优哉游哉地从旁边走过。当他跨过一条阴沟的时候，曹福突然站起来，将他拦住，询问他是做什么的？那人连忙承认自己是个小贼，并把身上的赃款交了出来。喝茶下棋的朋友们都很震惊，不知道曹福是怎么判断出来的。曹福笑着说："寻常人走路，目视前方，即便是观看四周的风景也目光从容，而这个人走路，虽然装出一副闲适的样子，可眼睛却总是低着，眼角忍不住往四下里偷看，心中必定有鬼。最重要的是，他刚才过那条阴沟的时候，居然做了一个撩起长衫的动作，而事实上以那件长衫的长度，根本没必要这么做，这说明他并没有穿惯这种衣服，恐怕平时是个'短打扮'的。综合这几点，我认为他乔装打扮，恐怕居心不良。"

还有一次，曹福一身便装，在外查访案件。在酒店里，他遇到一个人，坐在饭桌前吃饭，穿着阔绰，但是总有一种穿得很不舒服，好像被绳子捆住了的感觉。于是曹福心中有些怀疑。趁那人不备，曹福突然亮出捕快的腰牌，让那人跟自己过来一下，那人竟然拿着筷子捧着碗站了起来，跟着曹福走到一边。很明显，这不是一个生活在富庶家庭、有着良好教养的人的行为。曹福再一仔细讯问，此人果然是个惯犯。

这一手"肉眼安检"的绝招，并非曹福首创，而是他跟着师傅学的。他和师傅早年间一起办案的时候，看见一个长着络腮胡子的人，此人身穿粗布袍子，头戴一顶草帽。曹福觉得此人形迹可疑，想去盘问。师傅连忙拦住他说："不要着急，等等看。"他俩跟着络腮胡子进了饭馆，见他点了一些饭菜，碗筷和酒杯摆放整齐，吃饭的时候也没有声音，只是坐在那里，脚不知道为什么屡屡抬起又踏空。吃完饭，络腮胡子又进了一家茶楼，伙计刚要上前斟茶，师傅上前将茶杯拦下。只见他从伙计手中接过来，从身后递给络腮胡子说"请慢用"，络腮胡子头也不回地接过便喝。师傅神色一变，拉着曹福赶紧离开。曹福问他为什么？师傅说："吃饭最能暴露一个人的身份和教养，你看他吃东西不出声，碗筷摆放很规整，最重要的是脚不自觉地抬起又踏空，这说明他平时在家坐着的时候会踩脚凳。当我从身后给他递茶时，他竟然连头也不回，接茶的动作自如惬意，这是被仆人伺候惯了的人才会有的习惯。上述一切都与他的穿着打扮完全不符，我怀疑这是一位微服私访的官员！"

最后他们了解到，这个络腮胡子果然是一位官员，于是成功地避免了一场误会。

2．风浪中，那条空船为何很少颠簸？

曹福侦破的最有名的一起案件，是"空船案"。这个案件被认为是我国古代运用推理破案的经典范例，被许多书籍引用。

有一日，曹福沿着河岸散步，岸边拴着许多条随着波浪起伏的小船。曹福看了一会儿，突然跃起，跳上一只小船的甲板，坐下来抽起了旱烟。没过多久，小船的主人回来了，看曹福这么大模大样地坐着，很是惊讶，让他赶紧下船。曹福笑道："我哪里也不去，倒是你需要到县衙走一趟。”小船的主人大怒，问曹福为何这样说话。曹福道：“我是县里的捕快，怀疑你这条船上有赃物。”船家连声冷笑道：“随便你搜检。”

说着，船家揭开舱板。曹福往里面看去，只见空无一物。这时，岸边的很多船家都围拢了过来，鼓噪着捕快欺压百姓、暴力执法之类的话……谁知曹福神情自若，仿佛这空着的舱板更加坚定了他的判断，他指着船的底板说：“这个麻烦你也打开一下。”那船家顿时面色如纸：“那怎么行？打开底板，水灌上来，船就沉了啊。”曹福道：“如果船沉了，我照价赔偿给你。”

围观的船家们气势汹汹，正要涌上来围殴曹福，只听一阵兵刃声响，大批手持刀剑的捕快赶到，将那些船家驱散。小船的主人见势不妙，拔腿要逃，不过立刻便被拿下。曹福拔出刀撬开船的底板，只见下面还有一层夹底，里面装满了金银布匹，正是昨晚本县一家富户丢失的财物。

小船的主人招供，自己是一名惯盗，伙同其他人盗窃了这些财物，装在小船的夹底准备运走，没想到被曹福识破。

县令觉得曹福简直神了，便问他是怎么看出这条船有蹊跷的，曹福说：“今天的风很猛，浪也很大，所有的小船都被风浪掀得起伏不定，唯独这条小船不怎么颠簸，这让我起了疑心。而当那个船主人打开舱板，里面空无一物时，更让我坚信这小船有鬼，因为一条空船能在如此的风浪里四平八稳，足以证明舱板下面还有着沉重的东西。”

3．捡野猪，为什么要覆盖一层竹席？

我国古代的捕快，总的来说，名声不是很好。在大部分人眼中，他们是“官匪一家”：破案没什么本事，治安也派不上用场，基本上就是给黑社会收保护费和滥用暴力的“官府打手”。

在我国古代笔记中，记录的破案者多是官员而不是捕快。打个比方，在办理刑事案件时，官员和捕快的关系有点像是猎人和猎犬，猎人负责找准目标，猎犬负责追缉凶犯，换句话说，捕快是做“体力活”的。

所以，能出现曹福这样的“脑力型”捕快是很难得的。

无独有偶，在《清稗类钞》中，还记载了一位姓路的捕快，也是靠着观察和质疑的精神，破获了一起非常恐怖的弑父案件。

有个睢宁县的粮差，名叫张小三，“性悍逆，好食人肉”。这个食人魔经常到荒郊野外晃荡，寻找那些被父母遗弃的孩子，以抱养为名带回家，“蒸之和食醋以食”……不要说读者，就连笔者写到这里，也觉得脊梁骨上凉气乱窜。

张小三的父亲以牵车谋生，儿子对他就像对待奴隶一样，“偶不乘意，便叱詈，鞭挞随之”。有一天，张小三带着老爸去乡下催粮，一路上自然是老爸拉车。回来的时候，几大袋米沉沉地压在车上，老头子在前面拉，张小三在后面像赶骡马一样挥鞭驱使。由于饥渴难耐，车子越来越慢，老头子便坐在路边，求儿子让自己休息片刻。张小三哪里肯，“叱使速行”。老头子耷拉着脑袋不言语，张小三上去就是一脚，“则已倒卧路侧”。

张小三大怒，觉得其父是装蒜，从路边捡起一根木棍，狠狠砸向他的胸口，其父立刻毙命。

望着父亲的尸体，张小三突然口舌生津，觉得今晚又有美味的人肉可吃，遂将尸体“置车上，覆以席，推之归”，与此同时他那双野兽般的眼睛里放射出无比邪恶和恐怖的光芒。残阳如血，支离破碎的树影在地面上洒下一片鬼怪舞蹈似的斑驳。

眼看就要到家了，突然，前面出现了一人。此人姓路，是县衙里有名的捕快，他本来急着赶路，迎面遇到张小三，正要擦肩而过，突然觉得有点不对劲。他车上堆了很多粮食，在最上面一层还用竹席盖着，应该是从很远的地方来的。推着如此沉重的车子，不要说走远路，只怕走几步就大汗淋漓了，而张小三看上去似乎是刚刚推上车，全无疲态，衣服上也全无汗渍。

“车上是什么？”路捕快问。

张小三面不改色道：“路上捡到一头死去的野猪，回家准备煮了吃的。”

这就更奇怪了，既然是路上捡的野猪，为什么要用竹席盖得这么严实？路捕快笑道：“可以分我一块野猪肉尝尝吗？”

张小三神色闪过一丝惊慌，拔腿便走，路捕快上前一把掀开竹席，只见一位老者的尸体赫然在目。张小三还想反抗，纵他凶悍力大，可怎么敌得过“专业人士”，立刻被擒拿，揪送到县衙。而其下场，自然不需分说。

对中国的史书和笔记阅读得越多，越感到困惑，为什么中国曾经大步走在世界的最前面，到了近代又落后到令人扼腕叹息的境地？嘉庆年间的中国捕快，其观察和推理的能力丝毫不输于百年后的福尔摩斯，但是我们传统文化中对逻辑学的建构和思辨，似乎从《墨子》之后就无甚进步……福尔摩斯对华生说过一句话，大有深意：“大部分人是在看，而我是在观察。”直到现在，历史上不少国人——甚至相当一部分都只是一群“看客”，而罕有几个“观察者”。寥寥无几的曹福们，只是个例，更多的国人还是难得糊涂、得过且过、和光同尘、不拘小节，于是注定了在公案小说中，破案的主要手段不是做梦的见鬼，就是见鬼的做梦……

二、淄川尸案：诡异的“无头尸”

我们知道，专写鬼狐仙怪的《聊斋志异》《阅微草堂笔记》，专写江湖市井的《水浒传》《金瓶梅》等，都是伟大的古典文学名著。它们堪称对古代中国社会作全景式描述的百科全书，尤其在历史、文化、民俗、政治方面，对后人了解那个时代有一定的参考价值。没错，鬼狐仙怪的传说也好、江湖市井的话本也罢，其中的真实性，一点不比那些堂而皇之地邸报或奏折少。

《聊斋志异》中的很多内容带有强烈的笔记性质，是作者对他所生活时代的奇闻轶事的记述①，这一部分的史料价值尤其大，比如其中《折狱》一篇所记载的“无头奇案”，就是发生在清代的一桩真实而诡异的凶杀案。

1. 南山枯井里的无头尸

清顺治年间，山东省淄川县有个叫胡成的村民，一天傍晚和邻居冯安一起喝酒，酒过三巡，两人的醉意都上来了。冯安感慨世道艰难，钱不好挣。胡成说：“那是你太笨，像我，百两银子说到手就到手。”冯安笑他吹牛。胡成说：“不怕告诉你，我昨天在路上遇见一个大商人，他车上装着很多财物。我把他杀了，夺了钱去，尸体扔进南山的枯井里

① 大致占到 1/4，剩下的 3/4 基本都是取材于前人的文字作品，并加以改编。——编者注

了。”冯安笑得更厉害了，胡成便把他拉回家，打开一个箱子，里面的白花花的银子，晃得冯安一下子醒了。

离开胡成的家，冯安径直跑到县衙报案。县令费祎祉听说，赶紧派衙役将胡成提来讯问，又派了人去南山的枯井查看。

胡成在县衙大堂上一跪，酒也醒了。费祎祉把冯安的举报一讲，胡成大喊道：“小的一向安分守己，哪里敢杀什么人，只是喝多了酒吹牛罢了。家中那一箱子白银是妹夫郑伦托付我在本地给他买田产用的。”

费祎祉找来郑伦，郑伦也说确有其事，那一箱白银绝非什么杀人的赃款。

正在这时，去南山查访的衙役回来了。费祎祉看他们神色惊惶，面无血色，问怎么回事。衙役们报告，他们上了南山，找到枯井，那枯井又深又黑，看不清里面的情状，便用绳子吊着下去，发现井中果然有一具无头尸体！

书中说，此时“胡大骇，莫可置辩，但称冤苦”。费祎祉将惊堂木一拍说：“赃银找到了，尸体也找到了，你自己跟冯安承认的杀人越货，如今证据俱在，还敢说冤枉？你赶紧招供，说出人头在哪里，我也好让你少吃点皮肉之苦！”

胡成身抖如筛糠，哪里拿得出什么人头？费祎祉下令将他押入大牢。“以死囚具禁制之”。同时让衙役们守住南山枯井，先不要取出尸体，“惟晓示诸村，使尸主投状”。

“逾日，有妇人抱状，自言为亡者妻。”妇人说自己的丈夫名叫何甲，带了数百两银子外出经商，却被胡成杀死，一边说还一边痛哭不止。费祎祉说：“井里有个死人，但未必就是你的丈夫啊。”妇人极力肯定。“公乃命出尸于井，视之，果不妄。”妇人看见丈夫的尸体，不敢近前，只是站在一边抽泣。费祎祉说：“凶手已经被抓，但尸体不完整。你暂时回去，等找到何甲的头颅，立即公开判决，让胡成偿命。”

妇人走后，费祎祉从监狱里提出胡成，呵斥道：“再不交出人头，打断你的腿！”叫衙役押他出去。找了一天回来，什么都没找到，胡成哭个不停。费祎祉让衙役把刑具扔在他面前，摆出要动刑的样子，却又不动刑，说：“想必是你杀人那天夜里，抛尸时慌乱，不知将头丢到什么地方了。”胡成哀求准许他再找找。费祎祉只是让衙役将他重新押回大牢。

2. 擅长“折狱”的费祎祉

费祎祉，字支峤，浙江省鄞县人，清顺治十五年（1658）任山东省淄川知县。这一年发生的一件小事，让他的名字得以长存后世——一个19岁的瘦弱青年，在考试中“以县、府、道试第一，补博士弟子员”，受到费祎祉的当面赞赏，鼓励他继续努力，将来能有所成就。几十年后，当年的瘦弱青年垂垂老矣，到72岁才补了个贡生。回想科举考试屡受挫折的一生，他痛感自己“碌碌无为”，对不起费祎祉的厚望，在文章中表达了对费公的无尽思念——他就是蒲松龄。

倘若费祎祉泉下有知，知道蒲松龄虽然一辈子连个县官都没当上，但凭借《聊斋志异》成为中国文学史上的巨人，会不会窃喜“老夫到底有几分眼力”呢？

费祎祉在任知县期间便以“擅折狱”而闻名。《论语·颜渊第十二》中记录孔子的话："片言可以折狱者，其由也与。"意思是"一两句话就可以对官司做出决断，大概就是子路了"。所谓"折狱"就是决断狱讼、审判案件。上学时背诵过《曹刿论战》的读者一定还记得：当鲁庄公说自己不敢独占衣食，认真祭祀时，曹刿都不屑一顾；直到听说"小大之狱，虽不能察，必以情"，才认为鲁庄公尽职，凭借这个可以发动民众与齐国一战。折狱能力是我国古代考验政治治理能力的"硬指标"——只可惜达标者太少，而费祎祉擅长这方面，实属难得。

在把胡成押回大牢之后，费祎祉叫来何甲的遗孀，问何甲有什么亲属，妇人说只有一个堂叔。费祎祉道："你还这么年轻就死了丈夫，孤苦伶仃，怎么生活呢？"妇人只是哭。费祎祉继续道："凶手已经被捕，只要一找到何甲的人头，案子就算了结，你赶紧回家去吧。"妇人"感泣，叩头而下"。

费祎祉旋即发出告示，悬赏找何甲的人头，以便迅速结案。才过了一晚，有个与何甲同村的名叫王五的人就来报案说已经找到人头了。经查验无误之后，赏给王五 1000 铜钱。

费祎祉把何甲的堂叔找来说："案子已经完结。但人命重大，这类谋杀案得反复审核，没有几年的工夫结不了案。你的堂侄没有孩子，何苦拖累他的老婆非要给他守寡呢？早早让她嫁人，这件事就可以真正放下了。"何甲的堂叔不肯，反复跟费祎祉争辩，但费祎祉坚持按照自己的意见办。"甲叔惧，应之而出。"妇人听说了，专门来县衙叩谢县令，费祎祉"极意慰谕之"。又贴出告示："有想娶何甲的妻子者，可到堂上来申请。"

告示刚刚贴出，就有人上堂表示愿意娶这妇人，此人不是别人，正是报告找到何甲人头的王五。

费祎祉马上从后堂叫出妇人，妇人一见王五，桃腮泛红。

费祎祉问那妇人：“有人愿意娶你，这是好事，只是我想问你一个问题。你知道是谁杀了你的丈夫吗？”

妇人一愣：“不是胡成吗？”

费祎祉大笑道：“非也。汝与王五乃真犯耳！”

3. 一个让真凶俯首认罪的推理

妇人和王五一听，大惊失色，立马喊冤。费祎祉冷笑着妇人说：“我早就已经知道了事情的真相！之所以一直到现在才说明，是想反复核实，怕万一冤枉了好人！南山那口枯井又深又黑，衙役们都要用绳子坠到井底才能发现里面有个死人。何甲的尸体没有弄出来，连脑袋都没找到，你为什么言之凿凿说那就是你的丈夫？这是因为在此之前你就知道你丈夫死在井里了！况且何甲尸体的衣服十分破烂，哪里像是做生意之人？你家的情况，又哪里像能拿出百两银子的人家！”费祎祉又对王五说：“人头在哪里，我此前派衙役暗中查找半天都没有找到，怎么我刚一贴出悬赏的告示你就把人头献上来了？你之所以急着献上何甲的人头，无非是贪图赏钱，加之想早点娶到这妇人罢了！”

妇人和王五立刻“两人惊颜如土，不能强置一词”。

从逻辑学角度讲，费祎祉做出的是一个充分条件下的“假言推理”。所谓假言推理，就是推理的前提中至少有一个是假言判断，人们可以根据假言判断的前、后件之间的逻辑关系而进行推演判断。比较常见的推理形式为：假如P，则Q，所以，如果非Q，则非P——在我们讲述的这个案件中，如果妇人不是事先就知道丈夫被杀死在枯井中，那么她就不可能肯定枯井里无头尸体的身份；所以，如果她肯定地认出枯井中无头尸体的身份，那么她一定早就知道丈夫已经被杀死在枯井中了。

这个推理逻辑十分严密，妇人根本没有辩驳的可能，只好低头认罪。原来她和王五已经私通很久了，为了能够长久在一起，合谋杀死了何甲，砍下头来，把尸体扔进了南山的枯井中。谁知胡成酒后的一句玩笑话，竟恰成巧合，替这对奸夫淫妇背上了黑锅。他俩得知此事，便想干脆帮胡成“坐实”，好踏踏实实地做长久夫妻，这才一而再再而三地“推动”案情发展。谁知反而弄巧成拙，暴露了因奸杀人的罪行。

妇人和王五自然要受到法律的严惩，而胡成被释放，估计得戒酒一阵子，就算喝酒也不敢再放肆地胡吹了。

此案虽然诡异，却并非蒲松龄杜撰，而是历史上真实发生的案件。不仅因为事件中的人物、场景、时间都有迹可循，另外还有一个非常重要的原因是，它被《清稗类钞》一书收录在册。

《清稗类钞》是民国初年的著名学者徐珂从清代的各种札记、报章、文集、说部中广搜博采、编辑而成的著名史料笔记。全书分成92类，13500多条，举凡军国大事、典章制度、社会经济、学术文化、民情风俗，几乎无所不包。编者态度严肃，许多资料可补正史之不足。这则案件在《清稗类钞》中以《淄川无首尸案》命名，从另一个角度证明，此案曾经被多方记录，经得起查验。

《淄川无首尸案》以“事既结，未妄刑一人”这样一句收尾。在那个时代，费祎祉没有依靠刑讯逼供，而是通过纯粹的调查、推理，在扑朔迷离的案情中抽丝剥茧，发现真相，锁定真凶，这是非常了不起的。对普通百姓，只能奉劝汝等少灌点黄汤、少说些大话——既然醒的人都是醉醺醺的，那么醉的人还是保持点清醒为好。

三、蓝公案：蓝鼎元“夜招冤魂”破大案

在古代，有的罪犯会利用官员迷信，故意在案情中加入闹鬼的成分，以逃避惩罚；也有的官员利用百姓迷信，故意在审案时安排托儿或制造假象，让百姓“哗以为神”，好震慑罪犯。也许有的读者会质疑，真的有这样的事情吗？这一次，我们就来看一位擅长“折狱”的官员亲笔记录的自己利用鬼魂来破案的故事。

1. 谁杀死了杨仙友？

蓝鼎元，字玉霖，号鹿洲，生于康熙十九年（1680）。他的父亲去世得早，家里穷困至极。据说他读书时，每个月的下饭菜只有一罐盐，被同学嘲笑。他坚持苦读，参加了9次乡试均落选，直到雍正五年（1727），都快50岁了才当上广东省普宁县知县。后来兼理潮阳县时，凭借卓越的才能，他不仅将该县治理得井井有条，而且破获了一批疑难案件，连《清史稿》都说他“听断如神”，“断狱多所平反，论者以为严而不残”。就是这么好的一位官员，只做了一年多，就因为打击盗卖官粮而得罪了上级，被革职罢官，虽然后来又升为广州知府，可惜到任不久就去世了……

蓝鼎元一生坎坷、仕途不顺，像中国历史上大多数杰出人物一样，在常人无法想象的艰难遭际中，凭借满腔的爱国热情和始终不渝的济世理想，做出了一件很多封疆大吏、达官显贵望尘莫及的丰功伟业：康熙

末年，台湾发生民乱，民乱平定后，朝廷上下对治台出现消极情绪，有的官员竟提出把台湾山区列为“弃土”。时任翰林院编修的蓝鼎元不顾身份低微，大声疾呼，认为台湾不仅不能轻弃，反而应该加强治理，否则“将有日本、荷兰之患”，并提出了包括设置彰化县、淡水厅，开海禁、开放陆台人民迁徙等一系列切实可行的措施，这些提议得到了雍正帝的认可，在确保国家领土完整的同时，也为宝岛的繁荣、安定奠定了坚实的基础。蓝鼎元因此被后人称颂为“筹台宗匠”。

不过，对于老百姓而言，知道和熟悉蓝鼎元，完全是因为他把自己在县令任上那一年多的审案记录汇集成了一本名叫《鹿洲公案》的笔记。如果您没听过《鹿洲公案》，那么一定会听过这本笔记的另一个名字——《蓝公案》。

在历史上，《蓝公案》与《包公案》《狄公案》《海公案》《施公案》并称，但后面这四种都是公案小说，而《蓝公案》则是不折不扣的审案纪实。该书共 24 篇，其中有大量的“诡案”。这次所讲述的就是其中的一则“幽魂对质”。

在我国古代，由于水利灌溉技术不发达，地方上经常出现因为抢夺水源而导致的民间械斗。为了避免这种情况，地方官往往会让争斗的双方“签约”，轮流引水灌溉农田。这一年八九月间，潮阳县大旱，有江姓和罗姓的两家“恃强众、紊规约”。即在杨姓人家引水灌田的日期，用吊杆汲水灌田。杨家人不干了，上去阻拦，结果双方大打出手，一个叫杨仙友的人在混乱中被杀。

署理潮阳县县令的尹白公刚刚验完伤，自己就因病去世了。烫手的山芋交给了继任县令的蓝鼎元。这种民间械斗案的审理最艰难：首先，刀棍齐下的“群殴”杀人，很难查出谁是造成致命伤亡的正凶；其次，如果找不出正凶，那么各有成百上千人的双方就会汹汹闹事，甚至酿成大规模民乱。蓝鼎元自己也说：“以格斗人多，刀梃齐下，实不知为谁。”

蓝鼎元将江、罗两姓的人犯隔离开，分别细心询问，“抚之以宽，餂之以情、示之以威”，坦白从宽、抗拒从严的道理说了一箩筐，无奈这一众人等就是不招。软的不行来硬的，严刑拷打，“钩距毕施，刑法用尽，总以‘不知’二字抵塞，无一人一言之稍有罅漏者”。

2. 谁没有抬头看冤魂？

案子拖的时间越长，官府的压力也就越大：于江、罗两家而言，人犯总不能无限期扣押下去；于杨家而言，杨仙友之死不能没有个说法。就在所有人都以为蓝鼎元无可奈何的时候，一个“凄风惨淡”的日子突然到来了。

事先毫无征兆，只是这一天从早晨开始就阴晦异常，天幕沉如铅板，寒风吹在身上，渗入骨缝一般阴冷。当夜深人静之时，蓝鼎元在公堂上坐定，只点亮一盏灯放在公案上，摇曳的烛光将他的面容照得严酷无情。他让衙役将江、罗两家的犯罪嫌疑人都押到堂上，然后厉声说道：“杀人偿命，是从古到今的道理。你们在夜里想一想，假如被杀害的人是你们自己，而凶手却不肯偿命，你们的冤魂能否善罢甘休？！你们之所以心存侥幸，不肯自首或指认正凶，无非是仗着多人犯案，妄想法不责众、蒙混过关罢了！但就算是我肯放过你们，冥冥之中的鬼神也不肯。我已经把案卷和公文送到阴间去了，请城隍庙的判官在今夜二更时分提杨仙友的鬼魂，与你们对质。到那时，就怕你们每个人都长了一百张嘴，也没法隐瞒罪行了！”

说完，他“命隶役分摄诸人，随诣城隍庙，鸣钟焚香再拜”。然后，一出“夜招冤魂”的好戏就正式开演了。

首先，蓝鼎元在城隍庙的正殿里坐定，让江、罗两家的犯罪嫌疑人齐齐跪好，然后对着天空呼唤杨仙友的鬼魂上堂审讯。他装模作样地说了几句话之后，突然对着殿上跪着的众人说：“杨仙友的鬼魂就在这里，要与你们对质。你们现在都抬起头仔细看，那个悬在半空中，身穿被鲜血染红的衣服、用双手捧着一颗心的人就是他！”

众人有的抬头观看，有的斜着眼偷看，只有罗明珠、江子千和江立清这3个人低着头不敢看。

蓝鼎元立刻让其他人离开，只留下这3个人。他先叫罗明珠上前，严厉地对他说：“你平日里最是巧舌如簧，怎么现在一言不发？杨仙友让你偿命，我看你当着冤魂的面还有什么可狡辩的！”罗明珠吓得浑身发抖说：“大人，杨仙友之死，确实与我有关，我用棍子打他的头，但使其直接致死的不是我啊，是江子千给了他致命一刀！”听罢，蓝鼎元让差役把他拉到一边，然后提江子千近前道：“你认罪不认罪？”江子千低着头不说话。蓝鼎元道：“杨仙友的冤魂就在这里，你自己跟他说吧。反正按照他的说法，是罗明珠用棍子打他的头，你拿长刀刺他的胸膛，导致他倒地而亡的。”江子千一听，县令所言完全是自己杀死杨仙友的“实况”，顿时惊呆了，立时俯首认罪。蓝鼎元道：“那么，当天是谁指使你们前去斗殴的？”江子千说：“是江立清。”

现在情况清楚了：刚才没有抬头看“冤魂”的三个人，两个杀人，另一个是幕后指使者。蓝鼎元为了保证审讯的结果确凿无误，又进一步核实了这三个人的罪行，“即将江子千、江立清诸人，按律定拟，解赴大吏”。由于江立清仗着自己年老体弱，“刑法不能加，鬼神不能吓”，面对众人的指控，始终是徐庶进曹营——一言不发。蓝鼎元说：“酿成死伤多人的这场巨祸的祸首就是你，你装聋作哑，就算能逃脱法律的制裁，也不能逃脱老天的惩罚！”

令人没有想到的是，3天后，江立清果真突然病死。人们都说是杨仙友的冤魂把他给“收了”，加上蓝鼎元夜审冤魂的故事不胫而走，一时间潮阳人盛传新县令有“日审阳夜断阴”的神奇本领。

3．谁在棺材里作祟？

但是，蓝鼎元在这则笔记的最后坦承了“夜审冤魂”的真相。

他说，如果遇到难决断的“疑狱”，该用计策就用计策，“试想此案若非冤魂对质，何能使凶手伏法？即将数十人尽加刑夹，愈夹愈不得情，如何定谳”？蓝鼎元认为自己选择的时机和方法都有可取之处：“妙在晦夕凄风，乃冤鬼出来之时；城隍摄鬼，又是众人所信。另有许多排场森森凛凛，令人毛发悚竖；而神机妙用，全在举头一观，盖罪人心虚，自然与众不同也。”所以说，一切都是蓝鼎元刻意布置好的一出“鬼剧”，但最终让正凶暴露的，却是他们心中真正的“鬼”。

不过，在《鹿洲公案》中另外一则“古柩作孽”的笔记中，蓝鼎元用完全相反的方法裁断了一桩轰动一时的大案。

“潮阳西郊附城村落之侧，白菅一丛，萧然两柩焉，暴露者不知几十百年矣。”有一天，一个陈姓村民的 8 岁儿子跑到村外去玩，不知怎么突然失踪了。后来，父母在那两具棺材边找到了他，“呼之不应，抱之不能起”——其实从现代科学的角度来看，孩子唤不醒的原因多半是运动量过大，脑部一时供血不足导致的运动性昏厥；而父母“抱之不能起”，不是被吓得手足无力，就是后来对外说这件事情时，为增添神秘色彩而有意地添油加醋了。父母向两具棺材“哀告祷祈”，孩子渐渐醒了过来。

“乡民见之，遂以为果有灵也。一二好事辈，更加文饰，谓古柩能言，能知未来休咎，能为人敛福消灾，有求必应。”于是这两具棺材就成了“转发有福的锦鲤”，“妇人求生子者、为夫求功名财利者、治病者、争讼者、赌博求胜者”。各种愚昧无知的家伙都跑来祭祀，造成了一群人对着荒郊野地的两具棺柩磕头不止的荒唐景象。很快，两个有经济头脑的老太太就坐地收费，凡是来祷告的都得交钱，每天能收几千文。由于来的女性居多，就有一帮年轻无赖之徒趁机抢夺首饰或调戏猥亵，更有那邪教趁机吸收教徒，预备兴风作浪。

蓝鼎元听说之后，十分愤怒，他对着县衙里的大小官吏们说：“两具棺柩，暴露了百年，弃置在荒郊茅草之中，风吹雨淋的，哪里还有什么神灵！何况吉凶祸福都是天命。就算是真的有鬼神，也不敢贪天之功，两具骷髅敢逞什么邪怪！马上贴出文告，限定三天之内，这两具棺材的子孙前来认领，找其他地方安葬。否则一过时间，我就亲临现场将棺材里的死尸拖出，各打一百鞭，然后焚烧，将骨灰扔弃到练江水中，看那妖孽敢再作祟！”

两具棺木的子孙在外地靠做木屐为生，听到消息赶紧把棺木移葬他处，一场闹剧就这么平息了。

因为科学不够发达，古人将一些古怪、奇异，用当时的知识无法解读的现象归之于鬼神，这无可厚非。但考验一个官员水准的，关键不是他是否相信鬼神，而是给鬼神划定的“适用范围”是什么。像蓝鼎元这样比较正直的官员，往往是“信而不迷”，而更多的官员则是“迷而不信”。只要搞明白这一点，就能理解为什么很多贪官污吏满天神佛都供奉遍了，但就是不相信善恶有报。

四、名侦探明晟与一起“不可能犯罪”

我在少年时代，经常为史书中那些栩栩如生的段落激昂得血脉偾张，比如信陵救赵、杨震拒金……但也生出一点疑惑：这些故事要么是作者生活时代与事件发生时相距甚远，要么纯属极其隐私环境下的密议；要么按照史料记载，现场应该没有几个活人，作者怎么可能知道得那么详细，且对当事人的一言一行记录得清清楚楚呢？后来才明白，古书中有所谓的“合理的虚构”，原本不必那么较真……不过，若是用这种“合理的虚构”来推理命案，可就存在逻辑上的“硬伤”了。

1. 粟千钟：糊涂官判糊涂案

清雍正八年（1730），时任怀柔知县的明晟被调职到直隶献县任县令。

明晟是有清一代以“才识练达，善析疑难大狱”而知名的官员。他虽然早在雍正元年就已考上进士。可惜早年仕途不顺，担任了14年的基层干部，宦海沉浮却始终尽职尽责。史书上说他“谨持其后，安静以养之。于是闾里清泰，不知有吏人。讼立判不留。差役藏贿，虽微必惩。严赌风，捕巨猾，于宽和中纾徐，时一震厉。提摄之民，爱以畏焉”。在乾隆年间，他终于得到重用，先后担任刑名督捕同知、江西提刑按察司副使等职，是个不折不扣的“政法系统”中人。

纪晓岚在《阅微草堂笔记》中记载，上任献县县令之初，明晟就遇到了一件多年无解的命案——双塔村悬案。

献县的城东，有个双塔村，村子里有一座庙，庙里住着两位老和尚。他们平时经常去村子里化缘，村民们与他们都十分熟悉。

有一天晚上，有两个老道来到庙前叩门求宿。一开始，两个老和尚以各种借口不同意。最后道士说："佛教与道家虽属于不同的'宗教系统'，但都是出家人，都讲求慈悲为怀，与人方便，师父您又何必执着于自己的偏见呢？"老和尚们这才同意了。

第二天有人到庙里烧香，发现庙门反锁，反复叩门都无人回应。有几个邻居觉得奇怪，就翻墙进去查看，发现庙里空无一人，平时有的东西一样没丢，而"道士行囊中藏数十金，亦俱在"。空荡荡的禅房伴随着恐怖的气氛，他们赶紧去县衙报案！

时任县令的粟千钟听闻凶讯，赶紧来到庙里查看，正困惑不解的当儿，一个牧童突然赶来报信儿："村南十余里外，枯井中似有死人。"

粟千钟带着仵作"驰往视之"，派人下到井底一看，眼前的情形令人毛骨悚然：两个和尚和两个道士的尸体竟重叠在一起。用绳子捆着提到井外验尸，"皆无伤"。而派去查访消息的捕快也回来禀报，并未在附近发现什么可疑人物。

粟千钟于是做了一个"结案陈词"："庙里的东西和道士身上的东西一样未少，说明不是强盗抢劫；道士和和尚的年纪俱大，都已衰老，所以不是什么奸情案件；借宿一晚，此前想必没有什么冤仇；身上没有任何伤口，则不是杀人……那么，四个人怎么会同时死去？四具尸体怎么会都在井底？庙门反锁，人是怎么出来的？桩桩件件，都在情理之外。我可以审问活人犯下的罪案，却办不了神鬼取人性命的官司，所以……就当成悬案挂起来吧！”

粟千钟把自己的推理和建议上报，“上官亦无可驳诘，竟从所议”。然而百姓们却议论纷纷，认为这粟千钟把破不了的案件说成是闹鬼，纯粹一个是草菅人命、尸位素餐的昏官！而明晟的到来，则让大家看到了破案的一线希望。

2. 钱维城：假公济私惹冤鬼

客观地说，粟千钟对双塔村奇案还是做了一番推理的，只是由于推理的前提很多是“虚构”出来的，所以十分不严谨。首先，庙里的东西一样不少，只是目测的结果，和尚们在暗处藏有什么宝物，也没有人知道。同样，“道士行囊中所藏数十金俱在”和“道士身上的东西一样未少”不能画等号。道士进庙时到底携带了什么，没有人看见，甚至行囊中所藏的到底是只有“数十金”还是另有其他珠宝，更无人得见。其次，道士和和尚年纪俱大，奸情杀人的可能性确实不大，但偶尔投宿，只能排除和尚和道士之间仇杀的可能，却无法排除外人与之结仇并杀之的可能。第三，假如有几个人胁迫和尚和道士走夜路来到井边服毒自杀，然后将他们推至井底，完全可以解释得清井底的累尸。而仅因身上没有伤口就认定不是杀人，验尸的仵作应该立刻卷铺盖。其四，庙门反锁确实属于“不可能犯罪”，极有可能是凶犯为了拖延案件被发现的时间而采取的手段。既然有人能从外面翻墙跳进去，也就同样有人能从里面翻墙跳出来……总之，造成双塔村杀人事件的可能性有很多，就因为自己笨破不了案，就把正凶推到“鬼”的头上，鬼恐怕要表示“这个锅我们不背”。

而明晟就任献县县令之后，为这一案件明察暗访，绞尽脑汁，“思之数年，亦不能解”。而令人更想不到的是，这位以明察秋毫而知名的能吏，却对粟千钟表示出了钦佩。他认为：遇上这种破不了的案件，干脆就作为悬案挂起来比较好，“一作聪明，则决裂百出矣。人言粟公愦愦，吾正服其愦愦也”。

百姓都嘲讽粟千钟的昏聩，而明晟却说自己正“佩服”粟千钟的昏聩，这又是为什么呢？

这里不妨援引一段清代笔记《履园丛话》中的记述：与明晟差不多同一时代的刑部侍郎钱维城有两个儿子，都“状貌魁梧、聪明绝世、能诗、工六法”。但没想到的是，他们年纪轻轻的，都突然亡故，一个死在船上，一个死在车中，死因不明。时人风传两人“无疾而死”是因为“遇鬼祟活捉”。后来，《履园丛话》的作者钱泳查得一事，10年前，当钱维城奉旨办理贵州威宁州刘标亏空大案时，了解到当事官员之一——原臬司高某在处理一起案件时，将自己的远房表侄判处绞刑，于是钱维城假公济私，“斩高以报复之”。事隔10年，高某的冤魂将钱维城的二子“收了”。

不过在另外一部笔记《坐花志果》中，作者将钱维城“公子亦相继殁，诸孙多残疾者，钱氏之祀竟绝”的原因，归结为他率兵平定地方民变时滥杀无辜，连七八岁的小孩子都不放过，以“孽种难留”为名尽诛之，因而遭到报应。不管是冤杀高某还是滥杀民众，都能看出作为国家最高司法官员之一的钱维城是何等的残暴无道，秉承的是“宁可错杀一千，不可放过一个”的严刑酷法理念。而当时秉承这一理念的各级官吏大有人在，宁可办冤案，也要争取“高破案率”。与这些人相比，粟千钟没有乱抓人，没有刑讯逼供，没有为了做“鬼神畏服”的青天大老爷而滥杀无辜，已属难能可贵。

3. 李又玠：“安守命运”不可取

袁枚在《续子不语》中写过一件和明晟有关的事情，也发生在他担任献县县令期间，读来倒是令人深切地感受到一个正直的基层官员在黑暗官场上复杂的处境与心路历程。

说是明晟遇到一起冤狱，他经过反复核查，准备替无辜者申冤。但问题在于，当年判决此案的官员恰恰是现在明晟的顶头上司。这时如果坚持申冤，很有可能会得罪上司，导致原本就十分不畅的仕途之路更加艰难。明晟可不像现在这样，毅然决然地和不正之风作斗争。封建时代身在官场，不可能个个都是海瑞，总要考虑到四面八方的利益——尤其是自己的个人利益，所以明晟“虑上官不允，疑惑未决”。

他的门役中有一个名叫王半仙的，此人一贯神神道道的，交上了一个狐仙做朋友，每次遇到为难的事情，就请狐仙帮助卜算吉凶。于是明晟让王半仙去找狐仙，问一下自己到底该不该替那场冤狱平反。

王半仙找到狐仙，把事情刚刚一说，谁知狐仙劈头盖脸就是一顿骂：“明晟既然是一县百姓的父母官，遇到可疑的旧案，‘但当论其冤不冤，不当问其允不允’——难道他不记得李卫制府大人当年的事情了吗？”

没错，这个李卫就是电视剧《雍正皇帝》和《李卫当官》里的那个李卫。李卫，字又玠，他是雍正年间有名的能吏。狐仙提到的“当年事”，说的是李卫还没显达时之事。有一次过江，看到河面上，一个人跟船家因为几文船钱争执，旁边一个道士叹息道：“命都快没了，还计较几文钱做什么？”李卫听了不知所云。这时恰恰一阵狂风吹过，“其人为帆脚所扫堕江死”。李卫大吃一惊，知道那道士有“特异功能”，可以预言一个人的未来。

李卫也上了一条船过江，那道士恰也在同一船上，“中流风作，舟欲覆”，一船人都吓得半死，只有那道士气定神闲，念了几句定风咒，顷刻之间，风乃止。李卫连忙向道士拜谢，谢他救了自己的性命。道士笑道：“刚才那个堕江的人，是命数已绝，我想救也救不了；而你早晚会成就大业，遇厄得济，也是命数，我不能不救，不用谢。”

李卫一听十分感慨：“谢谢您的指教，我今天才明白，人应该安守命运的安排，不要自寻烦恼……”

谁知那道士横眉立目，断然喝止了李卫的话：“你这话真是糊涂至极！一个人或者穷困，或者显贵，这确实是命中注定，不安命就会生出很多虚妄，奔竟排轧，不择手段，最终落得可耻的下场。李林甫、秦桧这路货色就算是不陷害忠良，也能当到宰相。他们的所作所为，自增罪案也。但是涉及国计民生之事，大丈夫怎么能‘安守命运’，碌碌无为？天地之生才，朝廷之设官，就是为了补救国家和百姓命数中的不足。给你权力，你却尸位素餐，那怎么对得起民脂民膏的奉养？当官的，遇到国家安危、百姓生计，只知‘知其不可而为之’，只知‘鞠躬尽瘁，死而后已’，哪能计较个人得失？”

李卫张口结舌，这时船已靠岸，道士下舟，“行数十步，翳然灭迹”，显然是个仙人……

王半仙把狐仙的回答告诉明晟，明晟顿时有醍醐灌顶之感，立刻着手冤案的平反工作。

五、聚焦路人甲：鸳鸯岭凶杀案

作为一位推理小说作家，在与读者的交流中，经常会被问到这样一个问题："现实中有没有发生过推理小说中才能见到的案件？"读者指的是那种包含密室、时刻表诡计、暴风雪山庄等元素，且破获过程需要冗繁复杂的逻辑推演的刑事案件。我的回答是："非常少见。绝大部分刑事犯罪都表现得简单而粗粝，破案的手段也比较传统，而造成悬案或冤假错案的原因往往是时代导致的刑侦技术手段落后。"相信这样的回答未免让读者失望，但现实确是如此。

不过，换个类比就靠谱得多了，那就是现实中的案件更近似于悬疑小说。推理小说与悬疑小说的区别在于，前者以逻辑解谜为主，而后者胜在制造恐怖惊悚的情节和出人意料的反转——现实中，的确发生过很多如悬疑小说般精彩的真实案件，被《右台仙馆笔记》和《清稗类钞》收录的"光绪三年鸳鸯岭凶杀案"就是一例。

1. 谜案：两个遇害的孩子

江西鄱阳县有个名叫叶佐恩的人，娶一位同县的寡妇陈氏为妻。他们生了一个儿子，取名叶福来。几年后叶佐恩因病去世，而有孕在身的陈氏又生下一个遗腹子，名叫叶福得。此后，再次成为寡妇的陈氏三嫁，嫁给了一个名叫严磨生的人。严磨生家贫，实际上是以入赘的形式来到叶家的，而一住就是5年，"叶佐恩所遗田二亩，归严磨生耕种，以养其二子”。5 年后，严磨生才带着妻子和叶家两兄弟回到了位于车门湖的自己家中。但由于年景不好，水患频仍，导致叶佐恩的那两亩遗田收成欠佳，一家人衣不裹体、食不果腹。当时叶福来已经 9 岁，严磨生便将他送到距离车门湖四十里外的坑下村一个名叫徐茂拐子的裁缝家做学徒，“每年与钱三千四百”，不久又将叶福得送到坑下村的刘光裕家，为之牧牛，也有一些微薄的收入。

光绪三年（1877）农历十二月二十五日，恰是年终岁尾，严磨生到坑下村接福来、福得回家过年。二十六日早晨，三个人随便吃了点东西就出发了。“福来负蓝布袋，内盛洋钱一枚、铜钱千余枚；福得负白布袋，盛米数升”，这也正是兄弟俩一年学徒和劳作的收入。也许是南方的冬天格外阴冷潮湿的缘故，在路上严磨生肺病发作，咳喘不停。

行至坳上亭这个地方，突然下起雨来。严磨生实在是走不动了，“乃于亭中少息”。恰好一个名叫雷细毛的人担着两个箩筐经过。雷细毛也在刘光裕家做帮佣，平时跟放牛的叶福得相熟，而且他住的地方恰好也在车门湖，与严磨生是邻居。严磨生便拜托他说：“我实在是病得走不动路了，麻烦你带着这两个孩子先往家走，我稍微好一点儿就赶上来。”因为山高路远，怕两个孩子累着，严磨生将叶福来的蓝布袋和叶福得的白布袋解下，放在雷细毛的箩筐里，望着他们三个人的身影在蒙蒙细雨中远去。

严磨生不知道，他将就此与这两个跟自己并无血缘关系，但相依为命了 5 年多的孩子永诀。

在亭子里休息了很长时间以后，看着雨停了，天亦薄暮，严磨生便强撑着病躯慢慢往家走。他没有力气翻山越岭，就走了一条绕远但平坦的小路，到家时已是深更半夜。妻子陈氏很惊讶他怎么一个人回来了，严磨生也惊讶两个孩子怎么还没回来，想可能是走得慢，跟雷细毛露宿在半道了。第二天近午的时候还不见两个孩子的踪影，而且村里有人说雷细毛昨晚就回到家中了，严磨生便急了。他跑到雷家一问，雷细毛说自己昨天跟两个孩子走到鸳鸯岭，因为自己还有其他事情要办，并不同路，就跟两个孩子分开了。临别前他把装有钱米的两个布袋绑在他俩的身上，叮嘱他们："你们可以坐在这里等候，待尔翁歇息停当赶过来时再一起回家。"然后才匆匆离去。

一种不祥的预感袭上了严磨生的心头。他匆匆赶往鸳鸯岭寻找两个孩子的踪迹，却一无所获，但路上找到了几个曾经路遇两兄弟的人：一个叫欧阳六毛，说二十七日曾经遇到这两个孩子问路。又有一个名叫汪同兴的开了个卖布的店铺，也说二十七日见到过这两个孩子，当时两兄弟下得山来，饥饿难忍，走进店铺向汪同兴要饭。汪同兴给了他们，看着他们吃饱喝足后离去，当时他们的身上还绑着布袋。此外，有个名叫欧阳发仂的人当时也在店内，证实了汪同兴的话。

由此看来，很可能是因为严磨生走小路回家没有遇到他们，兄弟俩在鸳鸯岭上忍耐了一宿，又累又饿地下山后迷失了道路……至少在严磨生察觉到两个孩子走失的二十七日，他们还活着。

但是，噩耗在二十八日传来，在距离车门湖两里左右的陈公坂的荒野中，有人发现了叶福来与叶福得兄弟俩的尸体：9 岁的哥哥叶福来的脸上、耳朵上和咽喉都有伤，死因是被扼杀；6 岁的弟弟叶福得除了死于扼杀外，下体亦被严重踢伤……

值得注意的是在犯罪现场，"钱米俱在，无所失"。

面对两个孩子的尸体，江西省震动。所有人都在问：到底是谁对他们下了如此残忍的毒手？

2. 悬案：一个无足轻重的“路人甲”

严磨生报官后，万万没想到，第一条锁链居然套在了自己的脖子上。

两个孩子的死，触动最大的是叶氏宗族。他们认为既然两个布袋和其中的钱米没有丢失，证明凶手不是谋财；尸检并未发现性侵的痕迹，证明也不是图色，那么最大的犯罪动机就是叶佐恩的那两亩遗田，“是严磨生利其故父所遗之田”，故而下了毒手。官府在调查中也认可这一观点，所以严磨生被马上缉捕。但严磨生亦有可辩之处，假如他真的是凶手，更“合情合理”的做法是二十六日夜在鸳鸯岭动手，而不是将两个孩子的走失嚷嚷得满天飞，在引发“舆论关注”的情况下才杀人。何况两个孩子的迷路是有很多人作证的事情，可不是严磨生刻意制造出来的“不在场证明”。

也正因此，这一案件“讼久不决”，严磨生被长期关押，而雷细毛、欧阳六毛和汪同兴等人受到审讯后，虽然被释放，但身上的嫌疑却并没有彻底消除。

光绪四年（1878 年），彭玉麟巡阅长江，到达鄱阳县所属的饶州，严家和叶家“皆具牒诉于行辕”。尽管彭玉麟表示了重视，但 2 年过去，案件的真相依然成谜。光绪六年夏天，彭玉麟到达南昌，“中丞以下咸迎候于滕王阁”，严磨生之妻陈氏手捧状纸，硬闯彭玉麟的前导卫队，被赶了出去，这女人就地跳了长江。彭玉麟知道后，急令将她救起，接受了她的状纸，然后召集江西省各级官员会议此案。官员们告诉彭玉麟："二子年幼，必无仇杀者；若利其有，则何以钱米俱在？是其继父杀之无疑也。"

对此说辞，彭玉麟十分不满。作为晚清杰出的军事家和政治家，彭玉麟在断案决狱方面也颇有作为。民国学者黄濬在《花随人圣庵摭忆》中曾引《听月轩杂录》记彭玉麟 5 桩轶事，有 4 桩都与刑案有关。其中写彭玉麟任安徽巡抚时，经常微服出访调查民情，一日到东流，忽然下令召集县内吏役 7 人，说是东流有大奸大恶之人，需要他们协同抓捕。这 7 个人不是司牍就是捕快，认为彭玉麟知道他们的才干，肯定是有大事相托，喜滋滋地联袂到了县衙，谁知一进门，彭玉麟就下令将他们全部斩杀。县令大吃一惊，彭玉麟这才拿出县民的状纸和自己调查得来的证据，"盖七人贪狡鱼肉，小民被其祸者，不可胜计"。原来彭玉麟"半月前潜踪至市廛乡井，靡不周历，阴疏七人名，遍访皆同，无一枉者"。

对于鄱阳县的二童遇害案，彭玉麟虽然没有直接调查走访，但凭着多年办案的经验，他认为严磨生的犯罪证据不足，犯罪动机也很牵强，于是责成鄱阳县令汪以诚尽快查出真凶。

汪以诚一向以贤能而知名，但对二童遇害案调查良久，却依然找不到任何突破口。在上峰的勒令下，他只好先将涉案人等全都羁押到大牢内，"密使侦者于诸人一举一动，一语一言，随时伺察"。

这一年的五月，民间盛传彭玉麟将亲自来到鄱阳县查办二童遇害案，消息传到大牢里。几天后，汪以诚埋伏在大牢内的眼线向他密报，说欧阳发仂有些不对劲，频向丁役探问消息，似乎对彭玉麟的动向非常关切。

此前的调查中，欧阳发仂仅仅是给布商汪同兴作证的人。虽然严磨生在最初报官时阐述过自己对欧阳发仂的怀疑，因为汪同兴说“有欧阳发仂者适在肆中，二子出亦出”，即欧阳发仂是跟在两兄弟后面出的门，但没有其他能够指证他犯罪的证据。现在，汪以诚猛然意识到，这个在整个案件中看似“路人甲”的欧阳发仂，很可能扮演着特殊的角色。

3．破案：一场装神弄鬼的审讯

五月十六日，彭玉麟真的来了。

但彭玉麟此次来鄱阳，并非为了二童遇害案，而是调查沈可发案。沈可发是浮梁县民，他私刻木印，伪造关文，还对外声称自己曾在彭玉麟的大营中帮办过军务，并以此招摇撞骗。被捕后一直被关在鄱阳县的大牢中，跟欧阳发仂算是“狱友”。彭玉麟提审他后，核实了他的罪行，即以军法斩之。欧阳发仂听说彭玉麟如此杀伐决断，吓得不行，好几个晚上都睡不踏实，夜里还总说梦话，喊着“不好了，不好了”——这些消息让汪以诚更加坚信欧阳发仂就是谋杀叶福来和叶福得的真凶。

汪以诚提审了欧阳发仂。为了在心理上给欧阳发仂以震慑，汪以诚特地将提审的地点挪至城隍庙。欧阳发仂到后，汪以诚对他说：“昨天夜里，我在密室中供奉城隍神的神位，祈祷他指明杀害那两个孩子的真凶是谁。后来，夜里本县令梦见自己来到一处地方，闻到尸臭却不见尸体，寻来寻去，发现发出尸臭的地面上跪着一个人，这个人就是你欧阳发仂，所以你还是从实招来吧！”欧阳发仂不肯认罪，但全身抖如筛糠。第二天，汪以诚又把案件的相关人等全部带到城隍庙，“诸囚皆号哭，求神明昭雪，欧阳发仂无一言”。到了半夜，欧阳发仂的精神压力终于到了极限，他突然喊了起来：“我不敢欺骗神明！我说实话！”

让我们把视线调回到光绪三年十二月二十六日，还原一下叶家两兄弟生命的最后一刻到底发生了什么。

雷细毛在鸳鸯岭与叶家两兄弟分别后，这里距离车门湖尚有三十余里。两个孩子并不认路，只能坐等严磨生，等来等去不见踪影，眼看红乌西坠，便“宿于鸳鸯岭之社庙中”。第二天一早他们在山路上乱走一气，遇到欧阳六毛问路后，辨明了方向，继续前行，下得岭来，饥渴难忍，便到汪同兴的布店里讨饭。也正是在这里，两个孩子遇到了让他们命丧黄泉的欧阳发仂。

欧阳发仂见到这两个小男孩，并没有在意他们背的布袋里装着什么，而是“见其幼稚可欺，欲诱至他处而卖之”。于是从布店里追出，以带路的名义，与他们同行。二十七日夜里，就在严磨生和陈氏焦急地寻找两个孩子的时候，兄弟俩其实是在欧阳发仂家里睡了一宿。二十八日清晨，欧阳发仂叫醒两个孩子，带着他们一直走到陈公坂。

就在这时，一件令欧阳发仂没有想到的事情发生了，叶福来突然说“这条路我认得”。

原来，陈公坂这个地方其实有两条路，一条通往车门湖，另一条通往外乡，而欧阳发仂带他们走的是通往外乡的那条路，打算把他俩诱拐到外乡卖掉。但叶福来此前曾经跟严磨生到过陈公坂，认得通往车门湖的路是哪条，所以拉着弟弟往前面那条路上走。这一下欧阳发仂急了，“强挽之”，叶福来虽小，但意识到此人不怀好意，坚持要带弟弟和他分开。欧阳发仂破口大骂，“痛殴其头面”，并卡住了他的咽喉，将他活活掐死，叶福得吓得一边跑一边喊救命，欧阳发仂追上去将他杀害——欧阳发仂之所以没有拿走那两个布袋，主要是害怕被别人认出后，将布袋当成自己犯罪的证据。

案发三年后，杀害两个小兄弟的真凶终于落入法网！

这时，彭玉麟已经到达镇江焦山，正在自然庵里闲居。他得到汪以诚发来的奏报，“读之狂喜”，当下批复道：“数年郁结，为之顿释。望空遥拜，为两冤魂叩谢贤令君！”

彭玉麟与朴学大师俞樾私交极好，彭玉麟的长孙女彭见贞嫁给了俞樾的孙子俞陛云，所以两个人是亲家关系，平时经常走动和酬唱。彭玉麟知道俞樾正在创作《右台仙馆笔记》，于是将这个案件的始末讲给亲家翁听，俞樾才将其收录书中。

“光绪三年鸳鸯岭凶杀案”，全程相当的恐怖、惊悚、诡奇，悬念迭出，而长达 3 年的悬案告破，靠的竟然又是装神弄鬼，未免令人失望。但这正是现实中很多凶案的真实面貌：突如其来、动机叵测、不合逻辑、有悖情理……无论纸上的谋划怎样殚精竭虑、巨细靡遗，在现实面前多半荒诞可笑、枉费心机。

六、同治年间的一次“县令审鸡案”

曾经轰动一时的“青岛大虾事件”，现在恐怕已经没有几个人记得了：某年十一长假期间，有位客人在青岛旅游时，在一家餐厅用餐。上菜之前38元一盘的大虾，结账时却变成了38元一只，一盘虾要价1500元。顾客不给钱，商家就要动手。相信大家都能看出，这样的行为“毫无疑问”已经不是价格纠纷，而是一起赤裸裸的商业欺诈。

然而，其后网上曝出的多起类似事件，让我们看到，原来“青岛大虾事件”并非偶发和单一事件，这让很多人对国内旅游产业和商业环境产生了忧虑。很多人又开始怀念“老年间”“老字号”的各种好处，但事实上，有些老字号在老年间也有过欺诈行径，只是时间久远，国人又不爱翻旧账，于是才选择性遗忘罢了。

不信，我们就来讲一起发生在清代同治年间的“浦五房一鸡案”。

1. 一只鸡惊动了巡抚大人

吴趼人是清末著名的小说家，他的《二十年目睹之怪现状》与李伯元的《官场现形记》、刘鹗的《老残游记》以及曾朴的《孽海花》并称“四大谴责小说”。不过，鲜为人知的是，吴趼不仅写得一手好文章，主编过好几份报纸，还在23岁那年制造了一艘标准尺寸的蒸汽船，在黄浦江上成功航行，是个不折不扣的“复合型人才”。

只可惜，他出身贫寒，一生坎坷，始终过着工作劳累却囊中羞涩的生活，死时年仅 45 岁。不过，也许正是各种不如意让他的文章具有很强的社会批判性，真实地描绘了晚清各个阶层的风情面貌。而且文风扎实务实，很少空谈大论——而“写实”恰恰是衡量文章是否具有史料价值的“硬指标”。于是，他的《我佛山人笔记》（吴趼人长期居住在佛山，自号“我佛山人”）便成为研究清末历史和民俗不可或缺的重要书籍。

“浦五房一鸡案”便是其中的一篇。

“浦五房”是上海著名的南味肉食品老店。其最著名的一段史话，是新中国成立以后，为了改变北京服务业相对落后的面貌，更好地服务中央和北京市民，周恩来总理于 1956 年提出“繁荣首都服务行业”的号召，亲自安排将上海的一些老字号名店陆续迁来北京。“浦五房”就是其中之一，“落户地点”在金鱼胡同附近的一座浅黄色三层小楼里。有人回忆，当时很多援京来的上海人和江南人，经常成群结队地到浦五房买南味秘制卤肉，“那卤肉色泽红亮，甜咸适口……不仅居京的南方人尝到了‘家乡味’，北京人对‘鲜、甜、香、酥’的浦五房南味也大加称赞，著名京剧大师梅兰芳就经常光顾‘浦五房’，一时传为佳话”。

不过，“浦五房”于上海，其实也是个“外来户”。其最早起源于苏州，而之所以迁到上海，实在是有一段不足与外人道的隐情。

同治年间，“苏州乡人某甲，负鸡一笼，入城唤卖”。正走到浦五房门口时，出来一个伙计，叫住某甲说：“我们做卤肉，正需要鸡，你这鸡卖不卖？”某甲一听，十分高兴，让那伙计将一笼鸡带到后厨，然后与之议价。谁知那伙计是个“杀价高手”，一开口就把价格压得极低，某甲根本无法接受。既然谈不拢价格，伙计便把那一笼鸡还给了某甲，某甲将鸡一点，发现少了一只，立刻就不干了，吵闹着让伙计还他的鸡。伙计嗤笑不已，“浦五房本熟肉铺，号称数百年老店也”，旁观的邻里左右帮着伙计一起叱责某甲，说他是个乡下人，居然敢跑到城里撒野，“谓岂有皇皇巨铺家而赖汝一鸡乎”？再不走就让他知道知道厉害！

某甲孤立无援，伤心欲绝，一边哭一边摊开手说：“假如这些鸡全都是我一个人的，虽然丢掉一只，我也不会觉得是什么大不了的损失。但是笼子里的鸡是乡亲邻居们的，凑在一起交给我来代卖，现在丢了一只，我也辨认不出是谁的，回去也无法把钱给人家。乡下人一辈子种地，养几只鸡换点小钱不容易，你们既然是百年老店，怎么能这样欺负人啊？！”

正在争执不休，围观的人群突然左右闪开，亮出一条街道，原来是江苏巡抚丁日昌的轿子过来了。

丁日昌是洋务运动时期的著名政治家，他升任江苏巡抚是在同治七年（1868），但仍旧驻节于苏州。某甲一看丁大人来了，连忙拦轿喊冤。丁日昌以为出了什么事情，连忙落轿，听某甲把事情经过一讲，又好气又好笑。气的是原来闹出这么大动静就为丢了一只鸡，笑的是某甲一个乡下人居然敲诈到百年老店头上，于是将其狠狠地训斥了一顿，“叱甲为妄”，起轿而去。

2. 杀鸡解开了案件真相

街上一时静了下来，浦五房的伙计冷笑着回店里去了，围观者也都渐渐散去，唯余某甲“倚壁而泣”。

正在这时，突然又听到官署的皂隶喝道声，原来是苏州府治下的元和县县令坐着轿子来了。心有不甘的某甲再一次拦轿告状。县令听完他的申诉，立刻让差役到浦五房把那个伙计给叫了出来，问他是怎么回事。伙计骨碌了几下眼珠，粗声大气地说："刚才这个家伙拦着丁大人的轿子鸣冤，丁大人已经训斥了他！"县令微微一笑："不妨，你可以再讲一遍给我听。"伙计道："大人明鉴，刚才我与他论价，谈不拢就把鸡都还给他了。我只是一个伙计，就算赖他一只鸡，也不过是归于主人，我又不能拿回家去，对我有什么好处？何况我家主人开的这家店铺已经有百年历史，坐拥巨资，贪求他一只鸡做什么？我难道要用占这一只鸡的小便宜给主人献媚吗？"

重新围拢过来的人群啧啧称是。县令点点头说："你辩解得很有道理，但是依然不能让我信服。我且问你，你们浦五房中本来有多少只鸡？"伙计道："没数过，随时买进来饲养，也随时根据需要取而杀之，哪里能记得清数字？"县令又问："那你们今天买鸡了没有？"伙计说："没有，一只也没有！"县令接着问："昨天买鸡了吗？"伙计也不知道他刨根问底为了什么，索性回答道："没有，店里所留的鸡都是三天前买的了。"县令拊掌大笑："这便好办了！"

说着，县令"呼役尽取其所存鸡，搜寻备至，不使遗一头"。众人见浦五房成了"捕鸡房"，都觉得新鲜，那伙计也莫名其妙。县令接下来命令，让他和某甲一起到官署来，并扬言道："吾将讯鸡也！"

县官审鸡？这可是千古未有的奇闻。等把涉案人等带到了官署，"市人之围随以观者如堵"，都在偷偷议论这县令真是又多事又爱"玩儿邪的"。

县令升堂，传伙计问道："你们浦五房喂鸡，用的是什么饲料？"

伙计说："用的是馊饭和糠秕。"

"你们乡下人呢？"县令转头问某甲。

某甲说："我们不给什么吃的，都放到野外去，让鸡自己找吃的。"

县令马上下令，让衙役将浦五房的鸡和某甲的那一笼鸡，分开了全部杀掉，然后剖开鸡肫（鸡的胃）查验，发现某甲的那一笼乡下的鸡，鸡肫里都是砂石和青草一类的东西，而浦五房的鸡，鸡肫里都是秕糠和馊饭——其中只有一只鸡的鸡肫里是砂石和青草！

伙计顿时吓得面无人色，跪在地上连连磕头，承认自己因为压价不成，故意偷了某甲一只鸡。

3. 浦五房因祸得福成名店

围观的众人一时间为县令审鸡审出了真相惊叹不已。随后，县令又对那伙计说："你辩解的话，乍一听好像你确实没有偷鸡的动机，但是我没有补缺县官之前，在这里居住了很多年，知道你们这里的人性情轻薄。你并非贪那个乡下人一只鸡，只是想欺负捉弄他作为自己嬉乐的材料。某甲拦我的轿子告状，我把你叫到近前时，问你到底是怎么回事，你没有直接回答，而是强调丁日昌大人已经审过此案。这是拿上司压我，亦是你们这种人的伎俩。恰恰因此，我才更加怀疑你搞鬼。现在鸡肫都已经剖开了，是非曲直，还是让丁大人断定吧！"

说着，县令就带着某甲和伙计以及一堆鸡肫，到了巡抚衙门，向丁日昌讲明了审案的来龙去脉。

《我佛山人笔记》这样记载：“丁公惭且怒曰：‘吾乃为市侩所欺！’”

丁日昌一向以断案明快而自诩，这回却被一个卤肉店的伙计给欺骗，岂能不恼羞成怒？他下令让浦五房赔偿某甲所有鸡的费用，然后罚巨款，作为慈善经费。更加严厉的是，他勒令浦五房字号限期出境，不准再在苏州开设。

有人也许会嫌丁日昌处罚太过严厉，不过是伙计开了个玩笑，就把这一“地方特色”连锅端了，似乎不至于。但是必须了解的是，中国古人的思维方式是：小恶不惩，必成大恶，伙计欺人，说明存在着店大欺客的风险。万一再上演一场类似“吃虾坑人”的把戏，那么毁坏的是整个苏州商品市场的信誉，这样的祸害，岂能不清除？

也许谁都没有想到，浦五房却因祸得福。吴趼人在笔记中写道，当发生此案时，他的朋友梁丽川正好在上海。浦五房被赶出苏州后，一时间走投无路，只好迁到了上海。在上海，凭借其高超的卤肉水准和上好的口味，赢得了食客们的青睐，自此大放异彩，成为南味肉食的代表。

“浦五房一鸡案”确属个例。从整体上看，老年间的“老字号”，还是恪守着“信誉至上、顾客为上”的商业传统的。这方面的例子数不胜数，比如《春明叙旧》一书中写清末民初的瑞蚨祥便有个特殊的规定，凡是接待远道而来买大宗商品的客户，必须先给客户上一顿饭，因为“顾客是衣食父母，哪有让衣食父母饿肚子赶远路的道理”，就算是最后没买东西，也要热情送客，绝不许丝毫怠慢。正是这种把服务做到极致的精神，让瑞蚨祥成了“八大祥”之首，设想假如客人进门奉上米饭，最后买卖不成就按照米粒数量收饭钱，那恐怕什么生意也“祥”不了。

第二章
本格派：当另辟蹊径成为唯一办法

一、银针案：离奇的红裳杀人事件

笔者在翻阅尹庆兰著清代笔记《萤窗异草》时，曾读到一篇关于折狱的内容，里面有一桩“红裳”暴露出的凶杀大案。我突然对这个题目来了考据的兴趣，因为类似的内容在多部古代笔记中都曾经见到过，而且陈述一部比一部离奇。

1. 妻子给丈夫灌的是什么药？

笔者目前找到的最早一则“红裳杀人事件”的记录，来自明代陈道监修、黄仲昭编纂的《八闽通志》。这部书是现存的第一部福建全省性的地方志，其中便记载有南宋邵武军（今福建省邵武市）知军王洋的几则轶事。

“王洋，字元渤，楚州人，有吏才。”古代福建有一恶俗，“生子多不举”，这里的“不举”是不养育的意思，而“子”则通指男孩女孩，即因为贫困等原因，存在着溺婴和杀婴的现象。绍兴十一年（1141）三月，王洋奏请“乞乡村之人，无问贫富，凡孕妇五月，即经报申县，专委县丞注籍，其夫免杂役一年”。不仅如此，他还奏请设立“举子仓”，凡是贫民要生孩子了，由官府设立的这个仓库“例以钱米给之”。这一行动救人无数，实在是做了一件极有功德的大好事。

不过让王洋一举成名的，还是他侦破的一起奇案。

有位姓袁的女子有一天突然到官府来注销户口，说是丈夫刚刚去世，她准备投往他乡。本来这只是一件“走程序”的事情，但王洋眼光奇“毒”，一眼发现“衰绖之下，红裳微露，且无戚容”——“衰绖”即丧服，丧服之下露出了红色的衣裳，这很明显不是一个服侍病人很久，并哀痛丈夫一瞑不视的妻子应该穿的衣服。何况她也没有一点悲伤的样子，于是王洋立刻下令将她扣押起来审讯，没费多大力气，袁氏就招供了，“果毒死其夫”。

明朝陈芳生撰《疑狱笺》一书也记录了这一案件。而清朝学者刘世馨撰写的《粤屑》和胡文炳撰写的《折狱龟鉴补》中，则写了一个与此十分相像，但侦办过程要复杂得多的案件。

明代，广西新兴县有位姓李的县令，擅长折狱。有一天他到乡下去办公时，路过一片坟地。他见一座新坟前面，有个年轻女人正在哭，不但没有穿丧服，反而衣着十分妖艳。李县令听她的哭声并不真的悲伤，便让手下去打听是怎么回事，一问方知这女人丈夫刚刚病死，今天是“头七”，她特地来祭奠烧纸。李县令依然觉得其中有鬼，便把她带到官府里详加审问：“你在服丧期间穿那么漂亮的衣服做什么？”谁知寡妇咬定牙关，只说是习惯了梳妆打扮再出门。正在这时，知府突然发来急函，原来寡妇的街坊四邻一起告到府院，说李县令无故扣押一个寡妇，实在不知他所依何律、意欲何为。知府限期半月，让李县令查出事实真相，不然将按“故入人罪”（官员误审误判导致他人无辜获刑）的罪名来处罚他。

李县令决心一定要查出案件的真相，于是化装成一个算命先生，到寡妇所住的村落暗访。路上，他认识了一个小偷，小偷告诉他，前不久的一天晚上，自己到一户人家行窃，躲在暗处窥伺屋子里面的动向，见那家的丈夫病卧在床，妻子却梳妆打扮得十分娇艳。这时，邻乡的一位武举人突然溜进门来，将一袋东西递给那女人。女人放在锅里熬了很久，盛了满满一碗，叫丈夫喝药。丈夫刚刚张开嘴，她便用一只铜勺将“药”灌进了他的喉咙，丈夫惨叫一声就死了。小偷目睹了杀人案，吓得慌忙溜走了。

回到县里，李县令下令掘墓开棺。面对邻居们此起彼伏的抗议声，李县令坚持让仵作验尸，结果在死者的咽喉处发现了锡块，原来那女人给丈夫灌下的“药”，竟是熔化的锡液！

2．“乳臭官”拦阻下送葬人

通过观察丧服，看出死者的死因有异，最详细的记录当属本文开头提到的《萤窗异草》中那篇题为“折狱”的文章。

有位青年人，刚满18岁就考取了进士，被授任某县县令。他觉得自己太年轻，怕承担不起一县的政务，十分心虚，去请教老父亲该怎么办。老父亲“固浙中宿儒，兼工刀笔”，治政刑名样样精通，便跟随儿子一起上任，充当“顾问”的角色，“簿书案牍靡不身亲，暇更与之讲求吏治，指陈弊端”。这样一年下来，在老爸的亲自调教下，年轻的县令将本县治理得井井有条，政声大著。

这一日，县令因为一件公事，骑着马出城，“适遇某大户之丧，执绋者约数百人，幡幢鼓乐，仪采甚都”。按照规矩，赶上老百姓的丧事或者喜事，就算是官员也要给人家让路。县令勒马道旁，以俟其进。“一时灵輀既过，其后有孝舆”。就在这时，突然刮起一阵大风，将马车上的帘子刮了起来，只见里面坐着一个穿着白色丧服的年轻妇人正在嘤嘤哭泣，但丧服之下，“别有红裳，且色甚鲜艳”！

县令瞥见，心生疑窦，哪里有人办丧事穿红衣服的？就算是外面套了件丧服，也何其不庄重，于是命令手下咨访，在马车里哭的到底是什么人。片刻之后，手下回报，是当地一个监生刚刚病逝，正要抬着他的棺木下葬，监生“别无眷属，舆中人实惟其妻”。

一种窥破了画皮的不安感袭上了县令的心头。他当即下令，让随从的衙役阻止了送葬的队伍，且将棺材停放在附近一座寺庙里，以候检验。但为什么要这样做，他一直不肯说出缘故。

问题在于，这位死去监生的家庭乃是当地的大族，家中主要成员“半系巨绅”。古代讲究死者入土为安，哪有半路拦棺的道理，这简直是对整个家族的侮辱。他们一起找到县令抗议，言辞之中甚至有所威胁，而县令态度十分坚决。众人没办法，只好听任其行，私下议论道：“要是他最后拿不出像样的理由，看咱们不狠狠收拾他！”

县令心里其实也没底，跑回家把事情经过告诉父亲，请他出谋划策。父亲听完，沉思片刻说：“你能认真观察，提出疑点，这是非常了不起的，但是当官的不能得罪巨室，一旦验不出伤来，必然难以收拾。所以要先探本源，得到确证，再一发破的。你毕竟年轻，经验不足，还是我去探访一番吧。”当儿子的不忍劳烦父亲，父亲却执意要去，儿子只好听任之。

临行前，父亲叮嘱儿子，要他以生病为借口，采用“拖字诀”应对那位死去监生的亲属，耐心等自己回来。他走后，县令果然“托疾不出视事”。这下子，监生的那些亲属们可都气坏了，“有棺不得葬，有穴不得掩，众皆含愤不平”，告到上面去，上峰也不断地给县令压力。随着时间一天天过去，县令苦苦等待着父亲的归来，然而父亲却杳无音信。

3．“银针五寸，血迹犹存”

再说县令他爹，来到监生所在的乡里秘密走访调查了好几天，并没有人怀疑他的死因，也没有听到其妻有什么不端的行为，心里也没有底。

这一天晚上，他“孤踪郊外，无所栖身”，找到一个看田人的窝棚借宿。那农人虽然同意了，但“庐甚隘，不足以容二人”，他俩就干脆坐在窝棚里聊天，不知不觉地聊起了县太爷。农人说他虽然年轻，但体恤小民，是一位好官，只可惜很快就要被罢官了。县令他爹一听吃了一惊，忙问为什么？农人说：“难道你还不知道吗？我们这里刚刚猝死了一位监生，正是我的主人。送葬的路上，县令突然截停了棺材，又给不出充足的理由。监生门第高贵，他的亲戚们岂能忍受此等屈辱，肯定要跟他算账的！”

县令他爹顿时神情黯然。

谁知就在这时，那农人突然说了这么一句话：“想必县令是怀疑我家主人的死因，想重新验尸。可惜他找不出什么的，知道事情真相的只有一个小孩儿。”

这段话仿佛晴空霹雳！县令他爹连忙问他到底是怎么回事？

农人道：“我家主人身体一向强壮，很少生病，听说他猝死，我很惊讶。帮忙去处理丧事时，主人的小书童跟我平时十分要好，就把真相告诉了我。我家主人的妻子与人有染，那奸夫不久之前丧偶，于是想着合谋杀死我家主人，他俩便可以做长久夫妻了。他们谋杀我家主人时，胁迫小书童相助，所以他才知道那可怕而奇特的杀人方法。”然后便低声讲出了骇人听闻的内幕。

听完真相，县令他爹激动不已，星夜赶回县城，一见儿子瘦了许多，才知道他这段时间因为巨大的精神压力寝食俱废。老人不禁笑着把案件的真相告诉了他：“你这样子怎么能做大官？天亮了就开棺审案吧，早点把这件公事了解了，你也好心安！”

第二天一早，县令带着仵作来到寺庙，宣布要开馆审案。监生的亲属们围拢了一大群，个个面无表情，议论纷纷。县令冷笑道：“我给你们家的受害者洗冤，你们反倒对我满腹仇怨，恐怕是死者不下葬，你们就没法瓜分他的遗产吧？”这句话戳到了那帮人的痛处，嗡嗡声顿时小了许多。

棺材打开了，“尸已臭腐，不可近”，只有仵作如法细检，头部、颈部、胸部、腹部、腰部……逐一检查，毫无发现，议论声顿时又大了起来。

就在这时，仵做检查到了尸身的下体，县令突然指着其阳具大喊：“汝等视之！”仵作吃了一惊，仔细探查后，“应手而出，则银针五寸，血迹犹存”！

众人大哗，这时才知道监生真的死于谋杀！“至亲又号呼诉冤”，县令下令将监生其妻和围观队伍中的某人揪出，正是一对杀人凶手。他们面如死灰，俯首认罪。原来，他俩定下杀人计划之后，用酒灌醉监生，将他扶到卧室里，“缚以革带……遽以针刺其具，深入无遗。亡者醉不能支，大吼而卒”。这时，那些先前对县令横眉竖眼的围观者们，又“靡不匍匐称谢”。一般来说，从来不具备质疑精神的人们，往往最厌恶那些比他们眼力更好且更有洞察力的人，而一旦真相被揭示出的时候，也最容易匍匐在地……阻挠真相和叩拜真相的是同样一批人。看似荒谬，但说到底，真相对于他们而言，不过就是里外套在一起的孝服与红裳，视场合而随时替换，时间久了甚至觉得很方便呢。

二、水知道答案：中国古代的一则本格奇案

“本格”一词，在日语中是“正统”的意思。因此，在相当一部分推理小说爱好者的心中，只有用纯粹的逻辑推演来破解复杂诡计的“本格推理”才是真正的推理作品——这一观点值得商榷，因为它无形中排斥了以表现社会问题和现实犯罪为主要手法的“社会派推理”。然而本格派与社会派的“调和”或“结合”也确实是难以做到的事情。毕竟现实社会中发生的犯罪，绝大多数都简单、粗暴，以激情、报复或获利为目的，无论犯罪手法还是警方侦缉，都不需要太复杂的逻辑推演，尤其现代社会，一个摄像头比一堆名侦探起到的作用都大得多。

那么，在古代社会也一样。《刑案汇览全编》里面收录了清代乾隆到同治年间的上万件各类案件。犯人犯罪的动机和手段跟现在没什么区别，破案的方法多半是犯人被捕就招供，少半是严刑拷打后才招供……至于“高智商犯罪”，恐怕真的如同沙里淘金一般稀罕。

从这个意义上讲，载于清人采蘅子所撰笔记《虫鸣漫录》中的一桩案件，绝对算得上是最具本格色彩的古代奇案之一。

1．算命：十日之内必遭横死

这篇笔记的原文采用的是顺叙，上来就揭示了真凶和犯罪手法，为了保证读者的阅读体验，我在撰写此文时采用推理小说的模式，即将真凶和犯罪手法后置。

直隶家中有三口人：婆婆、儿子、儿媳。婆婆中年丧偶，身体又不好，全靠儿子在外面打工养活一家人。儿子不在家的时候，儿媳全力承担起照护婆婆的重任。一旦婆婆生病，更是“衣不解带，百计调护”。婆婆对儿媳也很好，“爱之如掌珍”，邻里都啧啧称羡，说这家人虽然贫穷，但小日子过得很幸福。唯一遗憾的是夫妻二人一直没有生育。

这天有个算命的路过家门口，婆婆请他推算一下儿子何时能得子，那算命的先推算婆婆的履历，“何年得子，何年丧夫，何年娶媳”，都十分准确，但等他推算儿子的履历时出了问题：“先述幼年所行之运，一一皆合，继乃迟疑良久，讷讷若难出口，惊骇神情，若大可畏。”婆婆反复盘问，算命的才说：“10日内，有前生冤孽来巡，此人必遭横死，万难救免，慈母贤妻，罹此荼苦，命也何如？”说完留下目瞪口呆的婆媳俩，叹息而去。

婆婆吓得说不出话来，儿媳镇定下来，对婆婆说：“此术士妄语耳，然不可不防，自今日始，毋令尔子出庭户，我二人日夕守之，过10日，可无事矣！”

从这一天开始，婆婆强令儿子待在自己的房间里，一步不许出门，连续3天，什么事情都没有发生。老太太毕竟已经年过六旬，“精力衰迈，倦极难支”。儿媳说：“尚有七日期，势须轮守，庶免二人俱惫也。”于是婆婆回屋就寝。

夜半三更，婆婆忽然被吵醒，只听院子里“刀杖击格几案翻掷声”沸反盈天。隔着窗户纸，可见外面人影晃动，还有媳妇的呼喊声：“尔子发狂，持刀砍我，且索母欲杀，慎毋启门！”吓得老太太“以物抵门而栗”。良久，又听见儿媳急促的叩门声：“尔子狂奔持刀外出矣，请启门共往追之！”婆婆赶紧出门，跟儿媳一起“燃炬狂追”。黑暗中只见自己的儿子“披发疾走”，一直追到村外的溪河边，见儿子“涌身跃入”，只留下一只鞋在岸边。她确认正是儿子的鞋，“大呼邻里，百计捞救，数日不得尸”。婆媳俩悲痛欲绝，“乃招魂设位，草草成服”。媳妇日夕悲啼，几次都要轻生，被婆婆及时劝住。丧事办毕，儿媳侍奉婆婆更加尽心，靠着做女红挣钱来养家，婆媳俩从此过上了相依为命的日子。

转眼一年过去，日子过得越来越艰苦。因此婆婆便劝儿媳改嫁：“我老不能助力，尔十指焉能供两口？矢志不嫁，势将俱毙。”儿媳伏地哀号，誓死不从。然而婆婆却悄悄地开始托付邻里，给儿媳选择合适的对象。

2. 县令：呜呜鬼声诱出真相

过了一个月左右，有个远方的青年来租房子开店，婆婆觉得小伙子不错，就请媒人说合。儿媳起初坚决不同意，最后还是婆婆认她为女儿，并招小伙子入赘，儿媳这才勉强答应了。婚后小两口侍奉婆婆十分孝顺，只是顾忌前夫所住的屋子，所以在厨房边搭了个小屋居住，前夫的屋子则用来存放杂物。

两年过去，婆婆有个在云南给显宦人家看门的弟弟，攒了很多钱，带着老婆回乡居住。恰值岁暮，仓促之间找不到房子，婆婆就安排两口子住在那间堆积杂货的屋子里。“久客远归，人事杂沓，数日不能寝”，等忙过劲儿了，弟妹检点衣物准备好好过年时，闻到屋子里不时飘来一股异味……她告诉了丈夫，丈夫叱责她胡说八道。然而在听了姐姐讲的外甥奇怪的死状后，“不能无疑”。更何况屋子待得越久，“其腥越甚”。于是在夜深人静之时，弟弟挖开屋子里的土炕，惊悚地发现“一尸肢解埋其内”。两口子一商量，将炕原样埋好，天亮后直接告官。官府赶紧派人“启验之”，尸体还没有完全腐烂，且正是那位“投河”的前夫。然而审讯儿媳时，她坚决不承认自己与此事有关，而婆婆也觉得儿媳肯定是无辜的，“深怨弟之多事”。此案从此数年不结，成了悬案。

这一年来了新的县令，听说了这一案件后，决心查清真相，还死者一个公道。他命令将儿媳和她现在的丈夫带到城隍庙，然后把二人分别绑在两根立柱上，让书吏藏身于神案下，其他人都遣散。三更以后，县令安排人在大殿的后侧“呜呜作鬼声”。丈夫害怕了，对妻子说：“不会是你前夫的鬼魂来索命了吧？”妻子这时一改往日温柔善良的面孔，狞笑道：“怕什么，不过如此，几天后就可以回家了。”这时书吏突然从神案下面钻了出来，将他们的对话记下。县令立刻据此严讯那位丈夫，这下他才说出了实情：原来在媳妇结婚前，就与他有私情。婚后依然难舍难分，却又嫌前夫碍事，媳妇便对他说：“你要想跟我做长久夫妻，就三年不要登我的家门”。此后她便重金买通那位算命的来上门推命，为自己的杀人计划铺路。出事当晚，趁着婆婆回屋就寝的时候，她和奸夫合力杀死了丈夫，将他肢解后埋在土炕下面，然后让身高和体型相仿的奸夫扮成丈夫的样子，“伪作发狂，挺击赴水状”。由于奸夫“善泅”且水性高超，所以成功游到对岸，“入水时，遗一履，以坚其信”。待事情平息后，再安排奸夫以租房开店为名义，来到家中，最终由受害者的母亲亲手促成二人做长久夫妻。

案情真相大白，所有人都对媳妇的伪装、隐忍和狡诈惊诧不已。事实上，即便是写进推理小说，这位主犯制定的策略也是相当“高明”的。对算命者的利用属于心理诡计，让从犯假扮死者是障眼法，而奸夫的“三年不登门”使官府在排查中因为找不到犯罪动机而无计可施。

3．新娘：新郎投河反怪宾客

无独有偶，在清人吴炽昌所撰笔记《客窗闲话》中也记载了一个类似的案子。

粤东有位书生准备入赘当地一个富豪家中。新婚之日，“男女亲朋集贺者数十人，同观花烛，无不啧啧羡新妇美者”。书生得意又高兴，送客人入席后，就回到新房与新娘对酌，“生得畅意为欢，新妇不做恒常羞涩，竟执爵相酬饮”，书生渐入醉乡。

就在这时，外面的宾客忽然听见新房里传来一声惨叫，正骇愕间，“见新郎衣履如故，散发覆面，狂跃而出”！宾客们正要上前询问是怎么回事，新郎“已疾奔出外”，宾客们一起追赶，跑了一里多地，只见新郎“遇大河，即跃入水而没”。宾客们呼渔舟打捞，很久依然不见人影，大家只好叹息而返。这时新娘及其母都一副惶急的样子，问新郎去哪儿了？宾客们实言相告，并叩问缘由。媳妇大哭着说：我们在新房里好端端喝着酒，不知为什么新郎突然发狂，夺门而出，本以为宾客们能拦住，谁知竟任由他投河自尽。说完竟跑到县衙里告状，声称要让宾客们承担见死不救的责任。宾客们也很委屈，纷纷表示："我等猝不及防，追之无及，事出意外，岂有至亲好友见死不救哉？"官府派人沿岸继续验勘，"荡荡大河，流长源远，无从求尸，遂为疑狱"。

不久后，新的县令到任，面对这桩疑案反复推求，就是想不明白为什么新郎投河。及至新娘及其母要把责任怪罪到参加婚宴的宾客上，才终于恍然大悟："非诬客也，欲客证新郎之死以实之也！"他越发觉得此案有蹊跷，便微服私访。私访中得知有个富户与新娘有私情，而且新郎投河那天，虽然宾客们都确认他的穿着打扮与新郎一模一样，但由于他"散发覆面"，竟没有一个人能看清他的相貌！

县令带人前往新娘家中，"围其前后户而搜之，仅有母女在家"。老太太问县令意欲何为，县令无言以对。正要离开，想起新房还没有搜，抬步就要往里走。老太太横身阻拦道："这是寡妇的屋子，三尺童子尚不许入门，况为民之父母而不知礼乎？"县令说："我是要为你女婿讨还公道。"说完推门而入，"见铺陈精洁，皆是常用什物，无可疑者。正踌躇间，俯视床下，见一男子履，回顾新妇，骇然失色"！县令立刻命令捕役搬开床，只见一块地板的色泽和其他地板不一致，撬起来，眼前出现一条地道。沿着地道往前走，直通一间屋子，屋子角落躲着个男人，"见地有新挖状，命役启之，生尸在，喉间扼痕显然"……

一讯之下，真相大白，原来地道里的男人，正是与新娘有私情的富户。早在新娘婚前，两个人就在其家后院建立一间密室，挖地道与闺房相通，便于私会。而新娘的母亲贪财，见女儿婚期将近，新郎是一个没钱的穷书生，便与富户谋"使生入赘而毙之"。至于那个假扮书生的投水之人，乃富户“以重价觅善泅者为之也”。

考虑到清代笔记多有摘抄和融梗的现象，而《虫鸣漫录》的创作时间又不可靠，所以很难说这两则笔记到底是谁“致敬”了谁。但可以肯定的一点是，现实中确实有这样的高智商犯罪，这或许可以给那些希望在本格推理与现实世界中架起一道桥梁的读者们一点安慰吧！

三、古代的三桩“换尸案”

棺材代表着死亡，也意味着将与死者有关的一切事物——寿衣、遗物以及遗体都永远地闭在了一个再也不会打开的密闭空间内。然后盖上泥土，就此诀别，留给人们的只有关于死者的记忆……所以，当后人因为某些极其特殊的原因，再一次将棺材打开，突然发现里面的死者并非上次下葬时躺在里面的那个“人”时，那种恐怖和惊悚，是可以击中心脏、寒彻骨髓的。

在我国古代笔记中，尸体被调换的记载极少，纵使笔者对此有意涉猎，马上能记起的也只有三起。所幸的是，尽管这三起中的两起分别记载于《子不语》和《夜谭随录》这样的更接近于“志怪小说”式的笔记中，但它们给出的解答，都是真实可信的，绝不像书中其他故事那样归因于鬼神。另外一起则是发生在清代的真实犯罪，过程之离奇，读来令人感叹。岂止无巧不成书，无巧亦不成案也！

1. 尸体额头上竟有长钉

《子不语》和《夜谭随录》记载的两起“换尸案”多有雷同之处，很可能是两位作家从不同角度叙述的同一案件，由于《子不语》成书于乾隆五十三年（1788），而《夜谭随录》成书于乾隆五十六年（1791），所以《夜谭随录》中的一则极有可能是根据《子不语》中所述改编而成。因此笔者在讲述该案件时，仍以《子不语》中的记录为主。

“京师顺承门（今宣武门）外有甲与乙口角相斗者，甲拳伤乙喉，气绝仆地。”路上的围观者便将某甲绑缚到附近的兵营里，并将某乙的尸体交给一老一少两位营兵看守，等到第二天一早交给官员审理，然后纷纷散去。这时天色已晚，雨雪飘摇，老兵年龄大了，耐不得饥寒，便对小兵说：“我回家一趟，添件衣服，吃点东西，去去就回。”小兵同意了。谁知老兵这一去，久久不归，小兵也买了些酒肉取暖，在营房里睡下。

小兵这一觉就睡到了第二天凌晨，起来一看，营房里的那具尸体竟然不见了，这可把他吓得不轻。这时那位老兵回来了，言说自己昨晚回到家，见雨雪太大，就没有回来。刚早晨起来已经将昨天的案子报给司坊官了。小兵带着哭腔说：“那尸体不知怎么的，竟然消失不见了，这下可拿什么去报官啊！”老兵沉思良久说：“我有一计。我出家门时，见附近一处荒地，一早便有人用车拉了一具棺材来，刚刚下葬。我想那具尸体应该没坏，咱俩干脆趁早，去把那具棺材挖出来，取出尸体，扛到这里冒充是昨晚死去的某乙，也许可以蒙混过关。”小兵一听，事到如今，也只能死马当活马医了，于是依计而行。

没多久，司坊官带着仵作来验尸，令两位营兵万万没想到的一件事情发生了。那尸体额角上竟有长钉一条，深深楔进大脑内，以至于死者满脸是血！而扛来的时候天还没有大亮，两人偷尸体时也没敢看死者的正脸，竟完全忽视了这一点。更加感到冤枉的是被押来的某甲，他大呼小叫：“某乙是我失手打死的，我绝对没有用长钉钉杀他，街坊四邻都可以为我作证，何况这死者的容貌根本就不是某乙！”

司坊官一时间晕头转向。正在不知如何是好时，突然从外面闯进来一个人，把某甲和那两个营兵吓了一跳。此人竟是已经“死去”的某乙，他嚷嚷道：“此事与某甲无干，我乃被殴仆地之人。初时气绝仆地，既而苏醒还家，实未死也！”

司坊官这才捋清了思路。所以他放掉某甲，“而改为查问荒地扛棺来厝之人，细加推究钉额之尸”。一番调查后，终于认定死者是一位染工，名叫刘况，“妻与人奸，乘刘醉，与奸夫钉杀之也”。如果不是某乙的“苏醒还家”，如果不是老兵的“我有一计”，只怕这起谋杀案就会永远被埋在地底了。

《夜谭随录》记载的案件与此极为相似，差异仅在于案件的发生地、死者的身份以及死亡方式：“有老人乘车入崇文门者，未及门，暴死于车中。”城门守军将尸体暂存附近的一间店铺里，第二天一早司坊官带仵作来验尸时，“于发辫内得一铁钉，入脑三寸余”。此后发生的事情，就与《子不语》中的记载完全一样了。

2．躺在别人棺材里的人

对于换尸案，《夜谭随录》在文末有一感慨，“借此事以雪彼冤，天诚巧也”。可是若论一个“巧”字，恐怕《清稗类钞》中记载的“星子亡妇死之奇狱”，才是古代登峰造极的巧案。

案件发生在清代。当时，江西省九江市下辖的星子县有一个姓杨的老汉，老来得子，十分心爱，早早就为儿子聘下一位童养媳。媳妇“性亦柔善”，两个人青梅竹马，一起长大，到了可以圆房的年龄，便请来亲戚朋友，举办了一场婚礼，“是夕共寝，甚相得也”。

第二天一早，日上三竿，小两口还是没有起床。杨老汉敲门许久，也没人开门。他觉得情况有点不对劲，轻轻一推，发现门是开着的，并未从里面上锁。走进去一看，眼前的一幕让老汉不禁捂住了双眼，只见儿媳妇赤身裸体地死在床上，新郎却消失不见了！

新婚夫妇竟遭此惨变，杨老汉又气又急，差点背过气去，一班闻讯而来的亲友们赶紧报官。仵作来给新娘验尸之后，却一头雾水，新娘全身没有伤痕，搞不清她的死因是什么，唯一清楚的是她确系当夜失去的处女之身，而杨老汉之子却遍寻不着。县令听完报告，也不知这到底是个什么案子，便让杨老汉派人先去通知一下亲家。

亲家公住在异地他乡，三天后才赶到星子县，彼时其女已经下葬。亲家公十分惊讶，不知道杨老汉为什么将其女如此匆匆掩埋，连让自己见最后一面的机会也不给。杨老汉指着白晃晃的日头说，那几天正好是大暑天，“恐妇尸腐烂”，所以事发的当晚“已殓而瘗诸野”。亲家公觉得其中有鬼，“谓翁父子同谋死其女，故匿子而瘗妇以灭迹”，便跑到县衙告了一状，任凭县令和仵作怎么跟他解释其女之死并无他杀痕迹，他也不听，执意要求开棺重新验尸。

开棺当天，墓地里外聚满了看热闹的人。只见刨开坟墓，抬出棺材，打开棺材板的一瞬间，所有的围观者——连同杨老汉、亲家公、县官和仵作在内，都吓得寒毛倒竖，大暑的节气里从额头往外沁凉汗。只见棺材里根本没有女尸，反倒有一具男尸，“乃六七十老翁也，尸须发皆白”，在他的后脑和后背上，有十分明显被斧头砍剁的伤痕……

短暂的死寂后，墓地周围响起了一阵潮水似的哗声。衙役们无论怎样也弹压不住围观者因惊悚而发出的叫嚷。亲家公坐地大哭，一边哭一边喊“还我女儿来”，杨老汉则一副蒙了的模样。县令下令将所有相关人等带回县衙，然后严讯杨老汉，一问其子何在，二问其儿媳的尸首何在，三问棺材里那个被斧头砍死的老翁到底是谁。杨老汉一个都答不上来，县令无奈，只好先将他拘押起来。

谁知一个月以后，杨老汉之子突然来到县衙主动投官自首。此时这一案件已经是轰动一时的大案，县令不敢含糊，马上审讯。杨老汉之子说，自己在新婚之夜“与妇狎戏，搦其阴户，笑方剧，而妇忽寂然不动”。他点亮了灯一看，妻子已经死了，登时吓得目瞪口呆，心绪大乱，夺门而出。这一逃就逃到了外省，隐姓埋名地躲藏起来，前不久听说老父亲替自己顶罪，受尽牢狱之苦，这才赶紧来投案。县令“于是系其子，释翁归”。

不过，棺材里的女尸怎么会换成男尸？是谁用斧头砍死了那个白须老翁？依然没有答案。县令让四处张贴白须老翁的画像，希望找到其家属来认尸，从中发现案件的真相，但时间又过去很久，仍旧没有任何人认得那个莫名其妙地躺在别人棺材里的人……

3．新娘子的离奇遭遇

且说杨老汉回到家一个多月，天天早起晚归，为了儿子能尽早释放而奔走。这一天他坐船到建昌（今江西省南城县）去“找门路”。路过周溪时，突然发现有个在河边洗衣服的少妇，很是眼熟。船越来越近，杨老汉不禁大吃一惊，这少妇长得简直跟自己那死去的儿媳一模一样，便突然喊出儿媳的名字。少妇马上循着声音的方向抬起头来，惊叫道：

“这不是我的公公吗？您怎么到这儿来了？”然后让船家赶紧把船靠岸。杨老汉却惊魂未定，站在船头畏畏缩缩地问：“你……你到底是人是鬼？”儿媳惨笑道：“我当然是人，不过，这两个月来过着差不多跟鬼一样的日子……”

杨老汉问儿媳怎么会住在这个地方，儿媳便开始讲述她的遭遇。

原来，新婚之夜，新郎跟新娘的“狎戏”，导致新娘突然休克。在古代医学不发达的情况下，便被认为是死亡，草草装进了棺材里下葬。等她醒来时，发现自己竟然躺在棺材里，心中大怖！又是拍打棺材盖子，又是放声求救，所幸因为是匆匆掩埋，墓坑不深，埋土不厚，声音传到了地面。这时外面恰是深夜，有从建昌来星子打工的叔侄木匠二人经过此地，因为赶夜路劳累，也不管是不是坟地，便坐下来歇脚。此时他们听见地底下有女人的号哭和悲叫，吓得起了一身鸡皮疙瘩。做叔叔的年纪大、见识广，壮起胆子寻到声音的来处，挖开泥土，露出棺材，“乃相与撬棺出之”。问明究竟，叔叔便要将女子送回其家中，而侄子则动了歪心眼。

“妇本少艾，又时方新婚，服饰华整，其侄乍见心动”。他将叔叔拉到一边说：“侄儿我也老大不小了，尚未娶亲，反正这小女子是咱们救的，不妨将她掳回建昌给我做老婆，您说呢？”其叔勃然大怒：“这样的话你怎么说得出口，赶紧送她回家！”侄儿一听，恶从心头起，竟趁着叔叔转身的功夫，拔出斧头朝他脑后劈去，几下就要了叔叔的命！

新娘被眼前惨烈的一幕吓呆了，坐在地上一动不敢动。侄儿将叔叔的尸体扔进棺材，对新娘狞笑道：“现在你是想重新躺进棺材里呢，还是跟我回家？”新娘哪里敢说半个“不”字，侄儿遂用土将墓穴重新填好，带着新娘回到建昌去了。

说完事情的经过，儿媳放声大哭："我被那恶贼辱没了清白，从此便再也不敢回家了。"杨老汉安慰儿媳道："孩子你不幸遭此强暴，有什么过错？但是你不归案，这个案子就没法完结。你的丈夫还在大牢里被关押着，赶紧跟我回星子去吧！"

快要到家的时候，"忽途中一少年负斧锯芒芒然来"。一见那少妇，上来便拽住她的衣服，强迫她跟自己走。少妇大骂："我因为怕死被你所劫，忍辱偷生，今天老天爷开眼，让我跟家人相遇，你死在旦夕，还敢放肆作恶吗？"杨老汉知道这人就是那个杀叔恶侄，上前与其搏斗起来。不久，"村中人咸集，相与执缚诣县乎，并携妇为证"，公堂之上，"一鞫而服"。

这起轰动一时的大案这才算告结，县令下令释放了杨老汉的儿子，"命翁携还，使复偕伉俪焉"。

单论恶侄的犯罪手法，确实有"高明"之处。将一个杀死的人藏在病死的人的棺材里，几乎是万无一失的，这便是利用了人们意识上的盲点。所有人都以为，埋入地底的等于固态，绝无重新检查的必要，即便是后代发掘出来尸骨，也会以为此一死者就是彼一死者，不做深究。如果将这样的案子写成推理小说，大概也算得上很"本格"了吧。

四、“双钉案”：演义背后的真相

提起“双钉案”，很多朋友可能首先想到的是台湾古装系列侦探剧《包青天》中的“双钉记”。而笔者最早接触“双钉案”并非来自电视剧，而是来自杂志。大约是我读初中时，有一天在亲戚家翻到一本《故事会》，其中有个故事讲一个男的死了，刑警队长怀疑是他老婆杀的，但怎么都找不到杀人手法。正当他理不清思路时，队长二婚的媳妇提醒“去看看那死去男人的鼻孔里有什么”。队长一掏，鼻孔里果然有两枚钢钉，于是将那现代潘金莲绳之以法。然后他在佩服自己媳妇之余，突然想起媳妇的前夫也死得蹊跷，开棺验尸发现“前夫哥”也是被钢钉插鼻而死的，于是大义灭亲，将一副金光闪闪的手铐铐在了自己媳妇的手腕上……

我清楚地记得，当年看这个故事是在晚上，只觉得阴森可怖：一来，鼻子里面插个钉子的死法实在太痛苦了；二来，案中案的“反转”确实有着不可思议的毛骨悚然……不过我对那个刑警队长也没什么好感：好比说某个喜欢我的女生，为了帮我考试通过，就将自己作弊得到的答案悄悄告诉我。我一边答对了题，一边举手报告老师那女生作弊——这真是小人行为！

长大后，我学了些法医知识，才明白这个故事其实有很多漏洞。首先，查寻死因是法医的工作，查不出来，刑警队长也不至于头疼；其次，中华人民共和国成立后的法医要是验尸时连鼻子眼儿里有钢钉都发现不了，那他水平也是太业余了！

后来看《包青天》，知道这个故事发生在宋代，我便理解了。那时的法医科学不昌，仵作确实存在疏漏这一犯罪手法的可能。不过我依然以为这不过是杜撰的故事，直到后来读了宋代刑案笔记《折狱龟鉴》，才知道其事居然是真的，而且还有与之相类更加惊险可怕的案件！

1．果有大钉陷其脑中

张咏，字复之，北宋名臣。此人足智多谋，好为奇计，不仅发明了世界历史上最早的纸币——交子，而且做官一直做到工部尚书，是个非常了不起的人物。在任成都府知府的时候，他由于劝农植桑，造福百姓，得到宋真宗“得卿在蜀，朕无四顾之忧也”的褒奖，可见其才能卓著。《折狱龟鉴》也记载一桩由他破获的真实案件：

张咏在蜀地当官时，有一天外出办公，遇见一家人出殡，有个女人扶着棺材一路大哭，但哭声“惧而不哀”。张咏觉得奇怪，就把那女人叫来问，棺材里的死者是谁。女人说是自己的丈夫，得了暴病突然死了。张咏察言观色，觉得女人在跟自己对答时，总是心神不定，身子还瑟瑟发抖，十分害怕，便断定她丈夫之死“另有内情”，遂命令手下一名县令详加审问。

那县令一边审讯女人，一边让仵作仔细验尸。但是仵作怎么检查，也没发现其尸身上有什么伤口，即便用银针扎入腹内验毒，也同样一无所获。县令得知后，颇为发愁，看来只能以“正常死亡”向上司交差了。

其妻看见他长吁短叹，问他发生了什么事情，县令把事情经过一说，其妻“教吏搜顶发，当有验”。那县令一听，非常震惊，因为此前从来没有听说过把钢钉钉入头顶的杀人手法，“乃往视之，果有大钉陷其脑中”！县令高兴极了，大大夸奖了妻子一番后，马上向张咏报告。

张咏得知案件被破获，也非常高兴，重赏了那个县令。随后，他又问县令是怎么得知这么诡奇的杀人手法的，县令洋洋得意地说是受老婆的启发。张咏夸县令的老婆了不起，然后有意无意地问他：“你老婆是原配吗？”县令说不是，她先前的丈夫病死了，才改嫁给我的。张咏立刻下令将其妻“请来”，同时掘开“先前的丈夫”的坟墓，“发棺视尸，其钉尚在”！然后他便将县令的老婆和先前那位“哭妇”一起绑缚刑场斩首。

这就是历史上真实的“双钉案”。抛开此案的曲折与诡奇不讲，值得深思的是张咏特立独行的思维方式。大部分人借别人的帮助解开一个谜的时候，都只顾着对帮助者感激不尽，而张咏却要深究“为什么解开这个谜的是这个人”——看起来，张咏只比大部分人深思了一步，但很多人的成功，往往就建立在“深思了一步”上。

2. 尸体朝向大有蹊跷

不过，比起清道光年间发生的一起谋杀案，“双钉案”简直就是小儿科了。

不过，记叙于《清稗类钞》中的这起案件，与“双钉案”差异很大，算不得一起案中案。但是当初笔者在看到这一则故事时，首先想到的就是“双钉案”，因为二者都有惊人的反转，而且反转都来自枕边之人，十分可怖。

“道光时，某县有谋杀亲夫案，甚奇。”

有一天，某甲的脑袋对着屋子里面，脚冲着屋子外面，横尸于家门槛处，下半身全是鲜血。仵作将他俯卧的身体翻过来才发现，他的生殖器被剪断了，他因此疼昏过去，失血过多而死。

如此凶残的杀人案，官府十分重视，并立刻控制住了嫌疑人——某甲的新婚老婆，“其妇尝自承与表兄某通”。既然有通奸劣迹，谋杀亲夫便是“水到渠成”之事了。尤其“剪断命根儿”这种杀人手法，无疑暗示着犯罪动机源于某种不正常的性关系。于是县令下令严刑拷打，某甲的老婆熬不过刑，只得承认：当晚跟某甲在卧室内拌嘴，恼羞成怒之下……县令遂判处这女子死刑。

当案件由县里提交到省里复勘时，巡抚的幕僚程某在审阅尸格（尸检报告）时，突然觉得不大对劲，因而立刻拿着尸格就去找巡抚：“大人，这个案子只怕有冤情。”

巡抚觉得奇怪：“这个案子动机和手法都很明确，犯妇亦已招供，何来蹊跷？”

“试想一下，一个男人在屋子里跟老婆吵架，阳物被剪断，剧痛时，应该夺门而逃吧。那么就算在门口倒下死去，也应该是头朝室外，脚朝室内啊。可是这个尸格显示的正相反，死者是头朝室内，脚朝室外，这分明是从外面往家里逃的样子啊！”

巡抚一听，也觉得很有道理，但是依然坚持原来的判决：“阳具是何物，哪里有随便露出来让外面的人剪的，不必多想了！”

眼看某甲的老婆被拉到刑场砍了头，程某知道这绝对是杀错了人的冤案，心中感到无比的内疚。因而他给巡抚递了辞呈，回家养老去了。

恰好，程某的儿子续弦，娶的是浙江一个郡守的女儿。既然结的这门亲是达官显宦之女，儿子与儿媳妇婚后也非常恩爱，程某心里很是高兴，只是偶尔想起某甲之妻在刑场上被砍头的惨状，难免唉声叹气。儿子问他所为何事，他就把案子讲了一遍，儿子安慰他很久，他的心情才平复下来。

接下来发生的事情，却是程某做梦都没有想到的。

3. 真凶竟是枕边之人

程某之子血气方刚，少不得跟新婚老婆在屋子里甜腻腻。一日，两口子行房之后，老公跟老婆瞎嘚瑟，“戏以己之生殖器示之曰，‘亦尝见此乎’？”这本来就是一句房中荤话，没想到老婆认了真，竟说：“那有啥，我还珍藏着一个用油渍着的‘真品’呢！”

程某之子大惊，不停地逼问老婆到底是怎么回事。老婆见说漏了嘴，想再遮掩过去可就难了，支吾了良久，才从一个自己从娘家带来的竹筐里，取出一个罐子。打开密封一看，里面竟真的有一个泡在油里的成年男子生殖器。程某之子吓得目瞪口呆，说这是从哪儿来的？老婆无奈地说出了一段孽缘。

原来，当初岳父大人在浙江任郡守时，某甲因为是表亲关系，就上门去投靠，被郡守聘作管家。当时，他的表妹——也就是程某之子后来续弦的夫人，正待字闺中。某甲每天打理家务，少不得出入闺阁，一来二去，就跟表妹勾搭上了，并私订终身。可惜，这段恋情没有持续多久，因为郡守挂冠离任，举家返乡，表妹和表哥只能依依惜别，某甲答应表妹：回家后跟父母说明，尽快上门提亲。

谁知某甲回家以后，得知其父已经为他定下一门亲事，迎娶富豪之女。某甲一见真金白银的彩礼，早就把表妹忘在了脑后。吉期将近，那位离任的郡守带着家里人，从大老远的地方专门来道喜祝贺。某甲一见表妹，想起昔日的种种，顿生欲念，强留郡守在家多住些时日。郡守哪里知道他的花花肠子，便同意了。

这一日深夜，某甲偷偷地到表妹的房里，希望与她重温鸳鸯梦。表妹见状勃然大怒，斥责他始乱终弃，卑鄙无耻。卧榻之上，正好有一把做女红的剪刀，她上去就是一剪，某甲一声惨叫，夺门而出，“负创而奔新妇室，未越户而仆，遂死”——这也正是他的尸体头朝室内，脚朝室外的原因。

表妹趁着天黑，赶紧将闺房和一路上的血迹擦拭干净。当官府将表嫂带走时，她隔着窗棂，脸上浮现出阴冷的惨笑……

听完妻子的讲述，程某之子脸色煞白，一身冷汗。他终于明白了，父亲的推理没有错，某甲之妻被斩杀真的是一起冤案，而杀人真凶竟然就是自己的枕边之人。他赶紧去告诉了父亲。程某“密告冤妇之父，使入都控之”。很快，朝廷派员重申此案，杀人真凶遭到惩处，而冤杀某甲之妻的“巡抚以下各官降革遣戍有差”。

此案之奇，在笔者读过的古代笔记中算是数一数二的，不仅奇在杀人手法的凶残，奇在程某通过尸体方向做出的推理相当严密，奇在凶手水落石出竟是因为闺房之内的夫妻秘语，更奇在它与“双钉案”某种相仿而可怕的逻辑：对于至亲的人，哪怕是一个屋檐下生活、一个床上睡觉、一个蒸锅里盛饭的，如果不深入了解他或她的过去，那么在某种意义上，他和她可能依然是陌生人。

五、嫌疑尸 X 的献身

日本著名作家东野圭吾的《嫌疑人X的献身》出版后，不仅同时获得直木奖和本格推理小说大奖，还摘得“这本小说了不起”“本格推理小说 Top10”“周刊文艺推理小说 Top10”三大推理小说排行榜年度总冠军，在日本和中国都创造了惊人的销量，而且被日本、中国、韩国、印度等多国改编和翻拍成影视作品，当属有史以来最成功的推理小说之一。

围绕这部小说展开的分析和评论不胜枚举，对其所采用的核心诡计是模仿还是创新，亦有很大争议。但笔者认为，“用尸体B代替尸体A，从而使警方围绕尸体B展开的勘查和审讯”的方法，与中国古代三十六计中的“李代桃僵”相类似。而在古代笔记中，类似的记录其实不少，这里随便选取三例，冠之以“嫌疑尸X的献身”之名，给读者做一介绍。

1. 一块“重量不对”的骨头

第一起案件，见于清代魏息园著的《不用刑审判书》。

浙江德清曾有一个女子，嫁给一个大户人家的轻薄放浪公子哥为妻。丈夫在乡间一向以喜欢拈花惹草而闻名，据说他还跟自己的继母有奸情，但毕竟这是深宅大院中的家事，外人并没有亲眼看见，因而只能替贤惠的媳妇惋惜。

不久之后的一天，突然传来媳妇的死讯，据说是暴病而死的，草草下葬。娘家虽然怀疑，但“贫且懦，不敢与较”，去坟头哭了一场就算完事。但乡民们普遍对此有所怀疑，猜测媳妇是被谋杀的。夫家本指望时间一久，纷纭自息，谁知“越年余，人言愈啧啧”，就连路人都议论那媳妇死得冤枉。而且竟然还有好打抱不平的人挑头“赴县控告”，终于惹得官府不得不出面干预了。

对此类旧案重审，必然会用到的方法就是开棺验尸。开棺那天，乡民麇集于墓地观看，“时葬已久，发冢，启棺，验其骨”，仵作报告说骨头上并无伤痕。乡民们一下子傻了眼，夫家自然是哭天抢地，揪住主控者讨说法、打官司……现场乱成一团，好不容易才安定下来。但事过不久，又有传言说仵作收了夫家的贿赂，在验尸时弄虚作假。恰好这时，一位新县令走马上任，乡民们“复控之”。县令接了状纸，换了一名仵作，重新开棺验尸，依然没有发现骨头上有伤……事情越闹越大，夫家对主控者不依不饶，而主控者亦没有退路，只好硬着头皮继续上控。就在这时，案情出人意料地出现了转机。

夫家仗着自己有权有势，对亲家一向是傲慢无礼，不曾想那死去的媳妇有个远房兄弟，突然科举高中点了翰林，“具状诉于刑部”。由于清代的翰林都是官场上的“潜力股”，刑部不敢耽搁，直接奏报了皇帝。恰好此时派往浙江的学政换任，皇帝就把这个案子交给了他来办。这一下子成了钦案，学政到达浙江后，抓紧将相关涉案人提来鞫问，却依然毫无端绪。若想搞清真相，现下之法还是应该从开棺验尸做起。但清代定例，验尸一事，只准复验，不许三验，自己固然可以凭借赫赫官威破例一次，但万一三验再无问题，夫家闹起来，自己虽为学政，同样有掉乌纱帽的风险。可是如果就此将这一案件搁置，上无法复皇命，下无法慰死者。想来想去，学政琢磨出一条办法，对外说自己生病，“星夜微行至邻省，求得老仵作一人，以重金聘之，与偕归”。为了防止走漏风声，有人行贿甚至谋害这位老仵作，学政“食与共食，寝与共寝，不使见一人”。

第三次开棺验尸那天，墓地上“四方来观者如堵”。开棺之后，老仵作验骨完毕说：“确实无伤。”正在大家的脸上露出失望的神色时，老仵作说：“只是颈下一骨被换掉了，死者年龄在二十岁，颈骨应该重若干，但这块颈骨的重量明显是一个四十多岁的人的。”现场大哗。“于是尽传以前经验之仵作至”。经过严审，第一个仵作承认被夫家重金收买，验尸时用事先准备好的另一位死者的骨头，换上了原来有伤痕的颈骨，从而使后来的验尸也无“迹”可寻。杀人凶手——丈夫亦供认，自己与继母的奸情被妻子撞破，恼羞成怒才行凶杀人的。

2. 一个“不辨雌雄”的首级

曾衍东在《小豆棚》中记载过一起发生在宁波的奇案。有个名叫有吴慎修的裁缝，其妻袁氏与邻居一个姓马的屠户通奸。时间一长，吴慎修也发现了，但畏于马屠户“伟而壮”，又天天拎着屠刀做切肉生意，吴慎修虽然怀恨在心，却无计可施。

吴慎修有个朋友名叫李湘，“好事而多言，且好雌黄人”。按现在的说法，就是喜欢播弄是非的碎嘴男。有一天吴慎修请他喝酒，喝醉了突然失声痛哭，李湘问他因何如此，吴慎修就把家丑如实相告，问他该怎么办才能摘掉头顶的绿帽子。李湘故意激他说：“既然你不敢惹马屠户，干脆把老婆送给他得了。从此两家修好，你也省得忍气吞声。”吴慎修大怒：“你怎么不把老婆送人？”李湘说：“我老婆要是跟人通奸，我会立刻手刃之。怎么能像你一样，似瓮中鳖缩缩然！”吴慎修一听，眼睛血红：“我也有手刃奸夫淫妇的心，就怕吃上官司。”李湘说：“你几时见杀奸偿命的？只怕官府来不及厚赏你呢！”

吴慎修下定了决心，当晚回家，告诉袁氏自己有夜工，然后伪装出了门。其实很快便溜转回家，手执钢刀躲在墙角。“更深，袁氏掩扉而脱衣，马来入室，即与妇奸”。见状，吴慎修挺刃刺马，没想被马屠户躲过，而且还顺手操起灯架打掉了他的刀。趁着吴慎修捡刀的功夫，马屠户夺门而逃。看着床上光着身子瑟瑟发抖的袁氏，吴慎修怒火中烧，一刀将她杀死，并把脑袋砍了下来，装在一个盒子里。他找到李湘说：“事儿我已经办成了，现在你陪我一起去县衙自首吧！”李湘打开盒子一看，大惊道：“怎么只有你老婆的首级，马屠户的呢？”吴慎修说马屠户跑了，李湘说：“捉奸要捉双，你只拿你老婆的首级去见官，谁知道你是因为什么杀的她啊！”吴慎修一听也傻了眼。李湘说：“为今只有一个办法。你到路边等着，趁着夜色随便杀一个人，移尸到你家床上，然后砍下他的脑袋，带着两枚首级一起去报官，说此人就是通奸者，或许可以蒙混过关。”

吴慎修心慌意乱之间，竟听了李湘的馊主意，在家门口守着。不久，便逮住一路人，一刀杀之。细看乃是一僧人，便移尸于室内，匆忙间连僧衣都没有脱下，就切下首级去报官，“云其妻与僧奸宿，杀之当场”。县令带着仵作到他家去验尸，一验之下，仵作未免瞠目结舌道：“这僧人也是个女人！”原来行凶时吴慎修没有细看就动了手，杀的乃是一个尼姑！吴慎修当即瘫倒在地，“供以初谋于李，妻杀而马逸，继复谋于李，杀僧而化尼”。

3．一具“自动消失”的尸体

如果说前面的两件案子属于用“尸体 B”来遮掩罪行的话，那么王褒心辑《虞初支志》里的“天津御者”案，则属于为了掩盖过失，反倒揭发出了一起杀人案。

清末民国时期，天津当地的车夫经常驾着马车沿既定的道路巡游，想乘车的人直接跳上去，到达目的地后，下车结账即可。有一天，一个喝醉酒的男人半路爬上一辆车，倒在车厢里酣睡，而车夫坐在车辕上打瞌睡，任凭识路的老马往前拉。走了数里路，老马见到了地方，便驻车不动。车夫这才醒来。醒来后他发现车厢里躺着一个浑身酒气的醉汉，推他问去哪里，“无声，即疾呼之，动摇试之”，依然没有反应。后一探鼻息，竟已死掉！车夫吓得不行，赶紧带上尸体前去报官。这时已是暮昏时分，官府无法详细审理案情，便简单检验了一下尸体，见并无外伤和中毒迹象，想来可能真的是醉酒而死。便只把车夫拘了，然后命令里正派人将尸体带到一处墓地，原地守护，等明天天亮审理无事后，就地掩埋。

守尸人找了张破席子盖在尸体上，坐靠在一棵树下。“夜深，守尸人倦剧，渐寝且酣”。这时那具“尸体”突然活了过来……原来那醉鬼只是因为被酒精作用而进入了一种“伪死”状态而已。他爬起身，四顾茫然，不知自己在哪里，只感到周身寒冷，找不到可以御寒的东西，于是踉踉跄跄地走了。等到凌晨时分，守尸人也被冻醒，突然发现席子被掀开，尸体不见了，顿时慌了神。他害怕遭到里正的责骂。思来想去后决定，既然尸检中没有发现尸体有伤痕，对这种醉酒而死的家伙，官方一向又没有精力追究其身份和住址，估计第二天复检也不过是走走过场，然后具棺殓埋了事——既然如此，还不如另外找一具尸体替代之。恰好路边有一座新坟，守尸人“因即掘土发棺”，将尸体拖出，盖上席子，然后把棺材盖上，覆盖墓土如故。

第二天，官府再次验尸时，发现尸体上居然有数处伤痕，显是被谋杀所致，便立刻提审车夫。车夫连呼冤枉。正在县令要对他用刑的时候，昨晚乘车的醉鬼突然上堂作证：“昨天半路爬上他车的人是我，他明明没有害我，为什么要以杀我之名加刑于他？”县令一听糊涂了：“那么这具尸体又是谁的？”于是把守尸人叫来询问。守尸人没想到自己竟弄了具被谋杀的尸体做“替代”，吓得魂飞魄散，赶紧把昨晚的事情经过供述了出来。县令恍然大悟，去查那块墓地所埋何人。结果发现是一个刚刚报了“因病暴亡”的丈夫。将其妻押来一审，原是串通奸夫杀本夫。如果不是守尸人盗墓移尸，恐怕死者就要永远沉冤于地下了。正所谓“太阳底下无新鲜事”，哪怕是再离奇的犯罪，也难免“古已有之”。

六、一桩由“酷吏”侦破的凶杀案

国人自古就不喜欢酷吏，后世更是把“酷吏”的外延无限扩大，最后只要是严格执法、不徇私情的都是酷吏，反而那些擅长和稀泥的总是能得到上佳的风评。比如反腐，力主对贪污官员剥皮剜心的往往被戳戳点点，反倒是满嘴“刑不上大夫，不若罚酒三杯”的，能得到“清风明月”般的嘉许。如《世说新语》满纸的清谈，竟影响了后世知识分子1000多年，让很多拿着朝廷俸禄、啜着民脂民膏的为官者都觉得：山就在那里，何苦为难自己。于是披荆斩棘的被当成傻瓜、庸碌无为的被当成智者……这成了一条奇特至极的官场逻辑。

在这种不正常的官场生态中，越是刚健有为者，越得不到周围人的理解，甚至往往处于被排斥和挤压的状态。长此以往，他们的心态也变得扭曲、偏执，往往用一种头角峥嵘的姿态来反击浑浑噩噩的环境，如明朝弘治年间的李兴，就是其中之一。这位以侦破陕西一大奇案而闻名后世的巡按御史，最终结局却令人叹息。

1. 巡检：一对枉杀的夫妇

陈洪谟是明代文学家和政治家，他于弘治九年（1496）考上进士，从此历任刑部和户部的部曹、知府、参政，还担任过按察使、布政使、巡抚、兵部左侍郎等职。36年的宦海经历使他在撰写《治世馀闻》这一部笔记时，以当时人写当时事，活脱脱成为一部弘治年间的“官场现形记”。因而其具有极高的史料价值，在明代笔记中更以“翔实可靠”而著称。如有一则发生在陕西的真实大案，便被记录其中。

有一位巡检，任期已满，遂带着老婆一起回陕西老家。这一日到了一处市镇，见天色已晚，便找了一户旧相识的人家投宿。敲开门才知道，故交早已去世多年，家中只剩下他的女儿和儿媳。巡检有点不好意思，儿媳却说：既然是故翁旧识，无论如何也不能将你们拒之门外，如果可以，今晚我小姑和我一起睡，你们就住在我小姑的卧室里吧！巡检夫妇见夕阳西沉，也不便再找旅店，便同意了。

第二天一早，儿媳和小姑起了床，去叫巡检夫妇来用早餐。他们拍门许久也无人答应。推开门一看，吓得两个女子登时坐在地上哭喊不已。原来巡检夫妇早已死去多时，床上的两具尸体躺在血泊中，惨不忍睹，每个人身上都被捅了七八刀。

闻讯而来的街坊四邻赶紧报官。巡检一职，大约相当于现在的派出所所长，虽然官职不高，但好歹也是体制内的一名官员。突然遇害，不能不引起案发地县令的重视。初步勘查发现，巡检夫妇的财物并没有丢失，他们素来又没有什么仇人，而被杀时遍布身体的刀伤，显示凶手对他们极端仇视，很像是一起情杀案。但无论巡检本人还是其妻都已年过半百，在遇害地又没有“相好的”，怎么会有“情”字的纠葛呢？于是，县令将关注的视线集中在了守寡的儿媳和小姑身上。

一番严讯之后，儿媳招供道：“自从我公公、婆婆、丈夫相继去世后，家中只剩下我和小姑两个人相依为命，成了无话不谈的好友。别看我小姑才刚刚16岁，却已情窦初开。有一天我俩正在家中的后院散步，忽然见墙外一位少年骑马经过，那少年十分貌美，器宇不凡，我就跟小姑开玩笑说：‘你若能找到这样的夫婿，一辈子就算值得了’。没想到小姑动了心，问我他是谁，我说此人便是家住东门外的杨二官人……至于他们两人后来有没有来往，我就不大清楚了。”

县令再审小姑，女子承认，自那天见骑马少年从墙外经过之后，心中便生爱慕，正不知应该如何相识。这一夜，杨二竟突然摸入房中，强行将她搂住寻欢，她半推半就，很快便与他共赴巫山，从此杨二便接二连三地趁夜来与自己相会，已经月余……巡检夫妇被杀，必是杨二潜入房中，见床上睡着两人，以为是情人另寻新欢，怒上心头才手起刀落，造成了可怕的凶杀大案。

县令下令将杨二抓来，严加审讯，杨二很快便招认了罪行，等待斩决。就在这时，朝廷派出的巡按御史李兴来了。

2．李兴：一位跋扈的能吏

李兴到来的消息让县里的各级官吏都吓得不行，因为此人已经以苛刻跋扈“名扬四海”。

按明朝制度行省设置有三个平行的权力机构：都指挥使司（主管军事）、承宣布政使司（主管行政）和提刑按察使司（主管监察），简称“三司”。三司的首脑都是二品或三品的官员，但是他们都十分畏惧一个只有七品的官员——巡按御史。

巡按御史是中央特派的钦差，主要任务是受理官民词讼和考核地方官员，最初设置于洪武年间，在永乐年间从不定期派遣转向制度化。按照相关典制，巡按御史与三司处于平等的地位，“执宾主相见之礼，为平交”，甚至出巡时，三司官员可以骑马而巡按只能骑驴。但是可以想象，在实际执行过程中，这一制度必定走样：巡按御史是皇上直接派遣的，即“我为天子代言”，别说只有七品，就算没品，也要见官大一级。到了弘治年间，事实上三司对巡按御史已经只有低声下气的分儿，这一点在李兴身上体现得特别明显。

《治世馀闻》里写到，“李兴者，河南人，性尤躁暴。巡按陕西时，凡三司官进见，便令听事吏在于大门高声叫：‘三司官作揖！’门子传道：‘进来！’皂隶齐声喝说：‘进来！’”三司官这才敢进，这哪里还是“平交”？已经完全变成了上下统摄的隶属关系。

别看李兴脾气臭，但他办案英断果决，这一点在办理“巡检夫妇遇害案”的过程中体现得特别明显。杨二本来就等着开刀问斩了，但在李兴当面复审时，大呼冤枉。李兴说：“你已经认罪了，为什么现在又喊冤？”杨二说：“我从小娇生惯养，从来没有受过刑罚，哪知道被抓后遭遇严刑拷打，细皮嫩肉的哪里熬得住，只好认罪。事实上我不但没有杀过人，连那户人家的家门也没有走进去过半步啊！”

李兴看完案件的卷宗，决定重审此案，县令还来啰唆，说有司曾经“集女家左右前后四邻四十户共取结状”，即四十户联名证实杨二跟那家的小姑确实有通奸之实。李兴拍案大骂：“你猪脑子啊？他俩相会既然总是在黑夜，难道还提前挨家挨户告诉这四十户邻居‘我们今晚又要行奸了’？这种联名的证词连废纸都不如！统统在做伪证，把他们全给我抓来！”

县令不敢惹他，赶紧派出差役去抓人。李兴把那小姑叫来说：“你跟杨二相处月余，难道就没发现他身体有什么特征吗？”小姑害羞地说：“黑灯瞎火的一直没有看清他的相貌，只摸到他的左膊上有一块肉瘤。”李兴马上让杨二脱了上衣，并无肉瘤，于是把县令又臭骂一顿。这时那四十户邻居都被抓来了，李兴说：“你们串通一气，给毫不知情的事情做伪证，统统该打！”说罢把每人扒了上衣，抽一顿鞭子，“见一屠者左膊有块”，李兴立刻叫他过来厉声道：“我就猜到真凶居住之地距案发地不远，且必欲置杨二于死地，让他做替死鬼，所以十有八九就在做伪证的人群之中——你这个杀死巡检夫妇的真凶，认罪否？”屠夫吓得当即伏倒磕头不已，承认自己有一天钻进那姑嫂家的后院偷竹笋，听见俩女子谈论杨二，当听到小姑对其动情时，便想起了“假杨二之名入以求奸”的诡计。本来已经行奸月余，那天深更半夜钻进小姑的屋子，“见二人同宿于床，谓其又私他人，归取屠刀杀之”。

3. 刘崇龟：一把“不般配”的凶刀

李兴断的这起案件，很像《折狱龟鉴》中记录的“刘崇龟换刀”的故事。刘崇龟是唐朝政治家，以足智多谋、擅长折狱而闻名。他在镇守南海时遇到过一桩案件。有个富二代泊船江岸，见一大户人家的门口，有一美女倚门而立，姿态风骚，富二代上去跟她调情，两人眉来眼去的，定下了晚上从后门进入私会的约定。等夜深人静，美女听到后门有动静，兴高采烈地上去开门，谁知一个盗贼正在撬门。门突然打开，两人来了个脸对脸。盗贼才不管你颜值高不高，一刀劈下，美人殒命。盗贼刚刚逃去，富二代来了，一脚踩在血泊里，又被尸体绊倒，“闻颈血声未已，觉有人卧地，径走至船，夜解维遁”。谁知他这一路逃跑，染着血的脚印等于是在指路，官府一查原来停泊在渡口的船，马上就发现了“真凶”，将富二代抓捕归案，严刑拷打，但富二代宁死不承认自己杀了人。

这时，刘崇龟参与了案件的审理，他发现犯罪现场留下的凶刀乃是一把屠夫用的杀猪刀，这“武器装备”明显不符合富二代的属性。因为那种锦衣玉食的家伙，就算杀人也应该用把宝剑才对。于是他下令，说官府要举行一次大规模的宴会，所有本地的屠夫全体集合，准备宰杀牲畜。等屠夫们集合了，他让他们留下自己的杀猪刀再走，然后悄悄把其中一口换成杀人的那口刀。第二天，屠夫们再来时，“诸人各认本刀”，只有一人指着那把杀人的刀说：这不是我的刀，而是某某的。刘崇龟立刻将杀人真凶抓来法办。

两起案件，都是因为奸情导致的谋杀，都曾经让无辜者蒙冤，也都是因为办案者通过罪犯的“特征”而锁定真凶的。可惜的是刘崇龟因为断案而成一代名臣，李兴却很快成为天牢死囚，这是怎么回事呢？

原来李兴在巡按陕西期间，围绕当时日益严峻的治安问题展开“严打”，杀死 30 多人，因而被另外一位巡抚都御史韩文告了御状。《孝宗实录》中记载，孝宗“命锦衣卫官往械兴，至京下狱”，其后“上以兴酷暴”，让刑部议罪，定的是斩首。但英国公张懋率文武大臣上疏，说李兴确系酷吏，杀人太狠，但仔细核实，他杀死的那 30 多人都是罪大恶极的凶犯，如果因此将李兴斩首，那些作奸犯科的人岂不是更加肆无忌惮了？弘治皇帝这才皇恩浩荡，“乃减兴死，杖之百，偕妻子戍宾州”。

就这样，一位性情“躁暴”却敢于仁事的“酷吏”退出了历史舞台，留下一大堆懂得和光同尘的大臣。东晋西晋，两宋大明，亡国的原因当然各种多样，但至少有一个现象比较具备同一性，那就是兵临城下了，朝堂上的衮衮诸公，还是说的比做的人多。

第三章
社会派：从小案件看中国古代大历史

一、扬州分尸案：清末黑店到底黑到什么程度

清末《点石斋画报》上曾记录一起真实的“扬州黑店杀人事件”：扬州城东30余里有个叫马家桥的小村落，因为处在交通要道，所以“亦旅客往来可以谋栖止者”。在该村村口有一家小酒馆，“杏帘一角斜挂林梢，大有‘鸡声茅店月，人迹板桥霜’之景象”。

这天，夕阳西下，有甲、乙两个来自安徽的生意人路过此地，口渴难耐，便进小酒馆喝酒吃饭。食毕，乙对甲说：“我到村子里去找找旅店。”而甲则自去柜台上结账。“柜中一中年妇当垆涤器”，见甲囊中银两很多，便对他说：“别看我这是个小酒馆，其实也是可以住宿的。”甲喝得醉醺醺的，又看老板娘貌美，便调笑着跟她来到后院。但见老板娘把院门一关，“揪甲发曳令倒地，夫从背后握刀”，将甲砍死！

再说乙找到旅店，回到小酒馆找甲，老板娘说他已经离开了。“乙寻之不获，疑入烟花丛”，便自己回到旅店，倦极思寝。正在这时，一条大黄狗突然冲进室内拽着他的衣服往外拉，乙心知有异，邀集了旅店里的众人同他一起跟在大黄狗后面，一直来到了小酒馆。这时，狗叫得更凶了，众人一拥而入，还没等老板娘阻拦，他们已经冲到后院，“见灶下有灯荧然，釜锅中气腾腾上，揭盖视之，则甲首尚可辨认也！”原来甲已经被大卸八块，放在锅里煮了！

事件的结尾不消多说，凶手自然是被绳之以法，但细细品来，却可以从中了解清末“黑店”的几许情状。

1．换房捡了一条命

清末，江南工商业高度发达，酒肆茶坊的数量也很多。据史料记载，苏州一地的茶馆，清初还主要设在寺观庙宇；到乾隆前期，已遍于里巷，“一席费至数金，小小宴集，即耗中人终岁之资”。常熟县在康熙以前，只有几家酒馆，还有饭菜卖不出去的现象；而到了雍正时期，酒馆数量大幅增多，且生意兴隆。迨后，县西的何家桥、县东的新巷以及慧日寺的前后左右，茶房酒肆，接连开张。这说明此类生意已经从城市普及到乡村。这其中确实存在着一些酒馆兼留客人住宿的现象，但此类店面往往规模较小，且多设在比较偏僻的地方，不像正规的旅店那样有名气、重口碑、不欺客，容易发生看客人携带财物较多就被“黑了”的罪案。

徐珂在《清稗类钞》中记录过一桩案件，“长江下游匪徒甚多，昼夺夜劫，时有所闻，陆道则尤多黑店，与山左无异也”。江西浮梁县某镇，地处交通要冲，为行人往来的必经之路，有夫妇二人便在此开了个小店。一日，有个贩猪的人从外地收账回家，途经此地，投宿于店，他“衣服虽褴褛，而藏金颇富”。这天晚上，有个卖灯草的商人也来投宿，恰与贩猪客是老相识。他乡遇故，二人少不得一起喝酒聊天，很晚才回到各自所住的客房。灯草商人住在楼上，贩猪客住在楼下，都是单间。

不知怎么的，贩猪客虽然喝了酒，头有些昏沉，但心口难受，总有惊惶不安的感觉，便上楼去找灯草商人说：“余今夜不知何故，常心惊，半夜未能睡。”灯草商人说你可能是不适应在楼下睡，所以才有这种情况，干脆咱俩换房睡吧！贩猪客同意了。

夜半三更，贩猪客在楼上睡得迷迷糊糊的，突然听见楼下有刀砍斧剁的声音。他偷偷打开门，蹑手蹑脚地下了楼梯一看，只见“店主夫妇持刀入灯草客室”——也就是自己原来所住的一楼房间，“猛斫数刀”，将灯草商人砍死，然后翻他的行囊寻找金银。贩猪客吓得“战栗万状”，赶紧溜出门去“径赴县控告焉”。

2. “买命钱”其实不算贵

不光南方，北方亦有此类案件。清代学者无闷居士（顾广圻）所著《广新闻》中写了发生在邯郸的一桩奇案。一客人夜宿一家兼做旅店的酒馆，店主姓俞，其妻三娘“尤能媚人”。凡是有住店的客人，俞某“必令三娘出陪，清歌侑酌，狎昵倍至”。偏巧这位幕客是个正人君子，不好酒色。俞某热情地招待他，问他要不要听美人来唱曲儿，他说不必；又问他需要不需要暖酒来喝，他说不饮。“俞见酒色不可动，遂反身出”。第二天幕客离去时，到柜台上结账，俞某冷冷地说要两吊钱，幕客吃了一惊，说怎么会花这么多？俞某毒笑一声道：“买命钱，不贵！”

“客骇其语，不得已，如数偿之”，然后赶紧离去。回到自己入幕的官府，把事情跟县令一讲，县令立刻去那间酒馆里暗访。俞某不在酒馆里，只有他的 7 岁儿子在，县令给他果脯，慢慢套话，正在这时，俞某回来，也许是感觉到了什么，拉着儿子就往外走。县令叱责道：“哪里来的莽汉？”俞某突然定住，双眼发直，开始念出一连串姓名，并说这些人都是被自己的老婆三娘劝酒到“醉梦模糊”的时候，“隔牖探黄麻圈套颈上，勒杀之”，县令方知俞某是被“冤魂附体”，立刻唤手下人将其与三娘一起绑了，“夫妇皆弃市”。

郭则沄著《洞灵小志》中亦记有“张家湾黑店杀人事件”。张家湾镇位于北京市通州区东南部，是通往华北、东北和天津等地的交通要道。“往时京津舟程，必经张家湾”，所以清末此地已经成为重镇，商业发达，环境也特别优美，“柳荫夹水，略似江乡”。

光绪中期，有个旅行者在张家湾的一家旅店投宿，“夜半见鬼，深目高鼻，语侏离莫辨”。这鬼整夜都纠缠着旅行者不去，直到天亮才随着鸡鸣声慢慢消隐。后来又有旅客住在同一个房间里，再次见到此鬼，偏偏这旅客不仅胆子大，还是个好奇心贼强的，“欲穷其异”，便在那鬼于天亮后慢慢消隐的地方挖掘，“得尸，果深目高鼻如所见”。旅客报告官府后，“逮讯店主”，方知这是一位少数民族的商人，来京买卖货物，身上带了很多钱财，“宿此，店主利所有，谋毙之，仓促掩埋，不图其能为祟也”，没想到罪行终于败露，“遂置诸法”。

3. 七人组团杀人分尸

光绪三十四年（1908）发生在洛口的一起案件，则跟上述几起案件有所区别，不属于“黑店杀人”，而是“店内黑杀”。洛口镇有一家名叫悦来客栈的旅店，这一天来了 7 位投宿人，是一起外出打工的同乡。因为客满，他们被安排在一间大车房里居住。到了落灯时分，又住进来一位商人，随身携带着很多银两，看得那几个打工仔眼睛都直了，心中起了歹念，密谋深夜杀人劫财。等到商人睡熟，他们一拥而上，将其杀死并分尸，将残尸分成 7 包，每个人拿了一包准备扔进黄河，彻底毁尸灭迹。谁知这7个人实在太笨，深更半夜一起上街不说，还一起站在黄河岸边，摆出了抛掷的姿势，就差领头的喊“一，二，三，扔”了，结果被巡夜的护卫发现了。护卫上前突检的时候，有的人把包扔进了黄河，有的人惊慌失措，反而把包紧紧地抱在怀中，最后7人被一起逮获。

可能有人会问，这个案子会怎么量刑呢？

应该说，无论是浮梁案件、邯郸奇案还是张家湾命案，按照《大清律例》，凶手有可能被判斩立决，但洛口杀人案和扬州黑店杀人事件这两起案子不一样，因为凶手做了一件和其他几起案件不一样的行为——分尸。

杀人分尸，在我国古代的罪名叫“支解人”，把死者的身体切割而不给他留个“全尸”，属于“不道”的行为，跟“杀一家三人”和“采生折割（拐卖孩子将其致残后使其乞讨）”一样，是极严重的刑事犯罪。按照明代律例，首犯要被凌迟处死，且“锉碎死尸，枭首示众”。到了清代有所“缓解”，根据嘉庆二十二年（1817）制定的条例：“杀死人命罪于斩决之犯，如有将尸身支解、情节凶残者，加拟枭示（枭首示众）。”

不过到了道光八年（1828），发生在安徽的一起杀人碎尸案，使这个条例有了“细化”。

当时有两伙私盐贩子发生斗殴，造成了一起“伤毙六命”的大案，其中有个叫马六的在与刘大和的搏斗中，将其杀死，然后又“将刘大和头颅、四肢割落、剖取肠脏并弃尸水中”。安徽巡抚认为马六殴杀人后肢解尸体乃是“欲求逼罪，原无支解之心”，所以给马六判了绞监候。

然而报到道光皇帝那里，道光却提出了质疑：斗殴现场那么多死人，为什么马六不去肢解别人，只将刘大和一人大卸八块？这种行为显然不是单纯的弃尸以掩盖罪行，而是泄愤！所以道光皇帝将马六判决改为“绞立决”，并下令“嗣后谋故及斗殴杀人之犯罪止斩绞监候者，若于杀人后挟忿逞凶割落尸头四肢并剖取肠脏掷弃者，俱各照本律例拟罪，请旨即行正法”。

到了光绪三十一年（1905）三月，修订法律大臣沈家本等上奏，请求废止《大清律例》中不合乎人道化、轻缓化的刑罚，诸如凌迟、枭首、戮尸等。由此，支解人的处罚也由“锉碎死尸，枭首示众”和“绞立决”统一改成“斩立决”。由此可知，扬州黑店杀人事件的夫妻和洛河杀人案的主犯，都逃不了脖子上落个碗大的疤——虽然凶手们妄图用最残忍的手段制造一种神不知鬼不觉的“宰客”，但正所谓“法网恢恢，疏而不漏”。暗夜密室里的杀人分尸，换来光天化日下的明正典刑，倒也罪有应得！

二、血翎子：不怕冤魂索命的龚丽正

明朝永乐年间，有位名叫陈智的御史到福建审察案件时，发现了一个疑点。即一位因为杀人而马上要遭到处决的张姓书生“其色有冤”，便要求提上堂来讯问。张姓书生说：“邻居王家早些年把女儿许配给我，我随即纳上聘礼。谁知家里接连出丧事，父母双亡，家道由富转贫，于是王家毁掉婚约。但王家的小姐不同意，偷偷派她的婢女到我住处，把聘礼还给我，让我晚上去她家私定姻缘。我一时不知道怎么办，就和一位姓杨的同窗好友商量，杨生说还是不要这样做的好，所以我就让婢女回去了。当晚，王家小姐和婢女一起在家中被杀，王家认定是我做的，把我揪送到官府，我熬不住拷打，只好认罪。”说完放声大哭。

陈智立刻让官差将杨姓书生提来，一到大堂，杨生“色变股栗，遂服罪”。原来他劝张生拒绝婢女之后，自己深更半夜偷偷摸上门去，想凌辱王家小姐。可这一切却被婢女发现，杨生遂恶从心头起，杀害了这两个女子，本以为张生做定了替罪羊，谁知还是没逃过陈智的慧眼。

陈智，字孟机，明代大臣，以擅长折狱而知名，以上这则故事就记载在明代笔记《双槐岁钞》之中。结尾写道：“智有声宣、正间，至右都御史”，意思是陈智在宣德和正统年间官声显赫，当到右都御史。右都御史是都察院最高职之一，正二品。

不知读者注意到没有，这最后一句其实和前面的故事关系不大，好像详细描述了一个台阶，落笔却是高台。这里体现出的是古人在撰写笔记时一个常见的思维模式：好官一定会有好报。

1. 龚丽正拒受“血翎子”

秦始皇以后的中国封建王朝，都是用庞大的官僚系统维系着一个金字塔式的权力结构，因此任何一个脑子正常的统治者，无不把“吏治”作为维护国家安定的第一件大事来抓。灾荒不要紧，救就是了；外敌不可怕，打就是了；民众偶尔有些不和谐的议论，更没必要大惊小怪，子产不毁乡校的榜样在那儿摆着；但是整个官僚系统的腐败是绝不能容忍的，否则就是在千里之堤上放任蚁穴不顾。此外，官员的能力也必须对得起乌纱帽。不然，治政过苛，弄得满世界冤假错案，治政过宽，闹得全天下刁民横行，都会对社会稳定造成危害。

不过，统治者也很清楚，清官难得，既清廉又有能力的好官更是凤毛麟角。所以，除了不断完善官员审查、考核体系之外，营造“好官有好报，坏官有恶报”的氛围也十分重要。但面对大部分时间都遍地贪官的世情，文人学子们也只能通过记录冥冥中的因果，表达一点美好愿望，或抒发一些不平之气。因此，在历代史料笔记中，类似陈智事迹的记述屡见不鲜——清代笔记《蕉廊脞录》中的一则题为“龚丽正鞫囚”的故事，就是其中之一。

龚丽正，嘉庆元年（1796）考中进士，授内阁中书，14 年后入军机处，任军机章京，可谓官运亨通。可是他跟当时的其他官员明显不同，生活上弃绝一切奢华的东西，退朝回家便关门读书，毫无声色犬马的娱乐，时人都嘲讽他是“热官冷做”。嘉庆二十年（1815）他调任安庆知府，刚刚上任就接到皇帝的“特旨”，让他抓捕参与白莲教活动的叛乱分子，“特旨”中还根据两江总督百龄的密奏列出一个名单。那时安庆是安徽省的省会，凡是抓到的“教匪余党”，都要押解到安庆，由知府亲自审讯。龚丽正审讯后，“察知累累桎梏者皆非真教党也”。于是他对这些囚徒说：“我一定要为你们申冤！”然后他给时任刑部尚书的戴敦元写信，直陈此次抓捕的“逆党”纯属冤枉好人，应该马上将他们释放。戴敦元回信说：“这些人都是皇上点名要捉拿的，怎么可以轻纵？”于是囚犯们全部被杀害。

当时，两江总督百龄因为破获这一“匪乱”，上奏折为众官员表功，将龚丽正的名字列于首位。龚丽正听说后，却骑着马来到百龄的官邸，递交辞呈。百龄说：“这次破案成功，半个安徽省的官员都列名于我的奏折上，怎么能没有你这个安庆知府呢！你要是因此而辞官，我没法接受。”龚丽正大声说：“让我不辞官也可以，只是此案疑点太多，我认为冤杀了好人，如果因此给我加一条血翎子，请恕我断断不能接受！”

众所周知，清代的官员以孔雀翎为冠饰，缀于冠后，称花翎，是一种辨等威、昭品秩的标志。好多官员拼了命建功立业，只为求得多插一条花翎。而龚丽正居然称之为“血翎子”，分明是直指朝廷名器是用无辜民众的鲜血染成的，实在是“狂悖至极”的言论。听到此话，很多人都为龚丽正捏了一把汗，觉得他不要说官运到此为止，只怕人头都未必能保得住了。

2. 离奇的“三年内皆病死”

按照清代笔记《啸亭杂录》中的一则记载，嘉庆二十年（1815）的这起“邪教大案”，确实另有隐情。

案件的缘起，是安徽巢县（今安徽巢湖市）人方荣升加入了一个名叫“收圆教”的邪教。他自称弥勒佛转世，下凡普度众生。又编造匿名揭帖，上有九龙方印，文曰：“执掌山河，圣寿无疆”，让教徒们四处散发。此案被破获后，方荣升被凌迟处死，家属和教众里也有很多人遇害。但是按照当时礼亲王爱新觉罗·昭梿在《啸亭杂录》里的记载，百龄奏捷的折子一到，嘉庆帝十分高兴，让诸位王大臣阅看其折，昭梿“见其折中有‘八门阵九天元圣’诸语，铺叙荒诞，颇类小说，非敷陈体，心甚疑之”。后来又听说，其实方荣升就是一小混混，“初无大志，不过习染邪教而已”，但百龄与正在丁忧的直隶总督方维甸不和。方维甸住在南京，对百龄“所贪纵事”有所耳闻，百龄借口方荣升是方维甸的远亲，故意把小案办成巨案，以实现在政治上打击方维甸的目的。“九龙方印诸逆迹，皆百公所自篆刻，并非出自荣升也”——龚丽正觉得案情存在疑点，“察知累累桎梏者皆非真教党也”，绝非谬见。

龚丽正当着百龄提“血翎子”，无异于当着贪官算总账。本以为百龄会当场翻脸，谁知百龄没说什么，直接将龚丽正的名字从奏折上划掉了。第二年，令龚丽正惊讶的事情发生了，自己居然升任江南苏松太兵备道，署江苏按察使，而更加令他没有想到的是，秘密向皇帝保奏他的竟然是百龄。

《蕉廊脞录》记载，正是龚丽当面骂“血翎子”，让百龄觉得他正直刚毅，人才难得，所以才“具疏密保”。这也似乎证明，即使是坏人，也还是希望世界上多一些好人的。

这起莫须有的“邪教大案”结案第二年，百龄病死，“其产百万，皆为恶奴所据，囊橐一空”。一开始大家还觉得这只是一位朝廷大员的正常死亡，但后来越来越觉得不对劲，因为此案“而升擢赏翎枝者，三年内皆病死”。只有龚丽正告老辞官，返回杭州故里。

61岁那年，龚丽正患脾泄几濒于危，恍惚中见到“邪教”一案中的那十几个囚徒来到面前，浑身是血地惨呼着，责备龚丽正不救他们。龚丽正说：“你们的死是某些人为了邀功造成的，为什么要找我寻仇？”那些冤魂说：“那些人都已经在冥府中被诛杀，你既然答应救我们又没有救，难道没有过错吗？”龚丽正说：“我给刑部尚书上过书信，替你们申冤，底稿还在，我问心无愧。”然后让家人将书信的底稿焚化，冤魂立刻散去，他们病也好了。

龚丽正就此得享高寿，75岁才去世。70岁那年过生日，儿孙共聚一堂，给他敬酒祝寿，他还专门说起这件事，以教育儿孙们正直做人，不欺鬼神，自然会善有善报。

不过，《蕉廊脞录》中没有提到的是，上苍给予龚丽正真正的福报是个名气比他大上一万倍不止的好儿子：龚自珍。他是晚清历史上的文化巨子。

3．死者的脏腑肠胃哪儿去了？

类似龚丽正这样“好官有好报”的故事，各类史料笔记数不胜数。《履园丛话》中，有一则“陈理救释难妇德及子孙”之事。说的是康熙初年的广西平乐府司狱陈理，赶上兵乱，不仅毅然释放了乱兵劫掠的千余名妇女，还一把火烧了自己的家，逃到外乡。兵乱平定后，他带着老小回到家中，日子过得很不容易，但是后来的剧情出现大逆转：陈理的长子官至都察院左佥都御史，次子官至庐州府知府，孙子、曾孙、玄孙也都“科第不绝，尚有文至御史，武至总兵者”，成为官宦世家，“世皆谓救释难妇之报”。

还有《郎潜纪闻四笔》中的“李奕畴平冤狱连生六子”。李奕畴任安徽按察使时，办过一起在当时十分轰动的案子：有个名叫范受之的人，跟老婆顾氏吵架，离家出走，很久不回。县里传闻说是顾氏和邻居杨三有染，便杀害了范受之。县令把两人抓来，严刑拷打，顾氏和杨三熬刑不过，“皆诬服”。就在快要执行死刑的时候，李奕畴看到这个案子的卷宗，把两个人提来问道：“供词上说，你们在正月十三日将范受之杀害，焚化了他的骨殖，这个本官有点不大懂。焚烧尸体就是焚烧尸体，何必单独焚化骨殖？既然焚化的是骨殖，那么死者的脏腑肠胃又到哪里去了？”顾氏和杨三“不能对，惟伏地哭”。李奕畴立刻下令刀下留人，让手下的干吏去重新侦查。结果发现，有个姓陈的人家在正月十五日还留范受之住过一夜。李奕畴释放了顾氏和杨三，而范受之在异乡听说自己的失踪闹出了大案子，赶紧回家找官府报到，这才算了事。

老百姓喜欢李奕畴的明察秋毫，将他审理范受之失踪案编为戏曲，在各地上演。但李奕畴肯定没时间看戏，因为他要在家洗尿布，而且一洗就没完没了。年过五十、膝下无子的他，居然在平反此冤案后，接连生了 6 个儿子，所有人听说后都双手合十，赞颂老天开眼。

当然，今天的我们回过头看上述故事，可以理解，所谓的恶报和福报皆属巧合。龚丽正义正词严地面对冤魂讨命，无疑只是一场病中的大梦。而且如果熟读史书的人，就会明白，在封建时代“坏人好报”的数量远远超过“好人好报”。《双槐岁钞》里有一则“阅武将台”就唱了反调：一位名叫井源的将军，武艺高强，对国家忠心耿耿，最终死于土木之变；另一个名叫纪广的将军“艺既寻常，性复庸懦”，却因为攀上了宦官王振这棵大树，官运亨通，多子多福，以至于作者黄瑜在文末忿忿不平地说：“其祸福悬绝如此，世固有幸不幸邪？”

黄瑜的诘问，也许用简单的道理就能回答：一个世道中，坏人有幸之时，就是国家不幸的开始。

三、花市奇案与八命奇案

只要天气渐热，街上穿着入时的女孩子们便会日益增加，而媒体上曝出的对女孩子们伸出邪恶之手的猥亵事件也会越来越多。每到这时，总会出现一些匪夷所思的声音，指责受害女性穿着不够保守，纯属自取其辱……真可谓本末倒置。这不禁让笔者想起清代笔记《箨廊琐记》和《虞初支志》中记载的两桩凶杀案。这两桩凶杀案不仅情节有类似之处，而且同样诡奇复杂，都在“结尾”抛出一个“惊天大逆转”。更令人哭笑不得的是，两则笔记的作者在总结案件的“根源”时，竟把“罪魁祸首”指向了令人不能想象的目标。

1. 两颗头颅的“击鼓传花”

“花儿市，地在京师外城东。”

据学者考据，清代学者王守毅撰写《箨廊琐记》的主要时间应该在清代道光咸丰时期，其所记录的事件也大多以表现这一时期的社会生活为主。明末清初，京城东南一地附近渐渐聚居起许多以做纸花、绢花为业的家庭小手工业者，并在附近摆摊卖花，被命名为“花市”。正如《燕京岁时记》所云：“所谓花市者乃妇女插戴之纸花，非时花也。”在乾隆十五年（1750）的《乾隆京师全图》上，出现了“花儿市街”的名字。而道咸年间的花市，每月逢四日开市，即每个月的初四、十四、二十四日举办集市，整条花市大街上摆满了各种货摊，除了卖纸花、绢花的，还有卖鸟、卖狗的、卖土布鞋帽的、卖风味小吃的……各色的买卖人等摩肩接踵，拥挤不堪，使这条大街成为当时京城最繁华、最热闹的一条街道。“花市奇案”正是在这样的社会环境中发生的。

当时，有个本地人与其好友（山西人）住在花市，两个人情谊深厚。本地人有事将要到外地去，不放心妻子独自在家，便对山西人说：“兄无事，可以经常来我家中探望，看看弟媳这边有什么需要帮忙的，感激不尽！”山西人爽快地答应了。此后，他经常来到家中探望，看到弟媳妇缺衣少食什么的就资助一把，很是热诚。

“然妇素有姿首，里中无赖子多垂涎焉。”特别是花市开集时繁华热闹，有的流氓就会趁乱上门骚扰，但是这位女子“端颜峻拒，凛不可犯”。流氓的哲学一向认为天下人无不下流，所以搞不清这孤居的女子为什么不受撩拨。观察了一阵子发现，原来有个山西人经常到其家中。“无赖子疑奸，约潜伺其隙。”这一天山西人又来了，流氓大喜，想这下抓住奸夫淫妇，以此为要挟，不仅能讹诈一大笔钱，还能逼奸那妇人，便回家拿了把刀守在门口。直到黄昏时，山西人还没出来。流氓饿得不行，就到附近的馆子用了点酒饭，回来醉醺醺地又壮了几分胆色。这时天色已晚，“闭门灭火，寝室寂无声”。流氓知道里面的人已经睡熟了，便越墙入焉。摸到炕头，“果男女并头卧”。流氓一时妒心炽起，挥刃断头，然后翻墙而出，将两颗人头扔进井里，逃之夭夭。

二更天，附近负责有个下夜的堆子兵（负责地区栅栏关闭、治安巡逻、清扫街道等街道事务的基层兵员），把桶下到井里打水喝，“挽绠忽得二头，乃大惊愕”！仓皇之中，正好有个卖米粉的挑着两个装有米粉的大木桶过来。堆子兵将其叫来吃米粉，趁着卖米粉的不注意，将两颗人头扔进了大木桶里。卖米粉的哪里知道，“荷担去，既人内城，偶歇”，打算自己喝一碗米粉暖暖身子，谁知用勺子竟捞出了人头，吓得魂飞魄散。他“视晨光尚微，市无人”，便把两颗人头的头发打了个结，挂在旁边一家店铺的门环上，飞快地逃走了。不久，店铺开门营业，一个小学徒开门，“门动，人头落地”。小学徒赶紧告诉店主，店主说不要叫嚷，赶紧把人头拿到后院埋了。

2. 惊悚至极的“案中案”

再说住在花市的那个妇人家，“日将旰矣，门尚不启”，住在附近的街坊觉得奇怪，“呼而击门，弗应”。等破门而入，见炕上“则血淋漓尸存，头不见”。这时只见女主人也从外面回来了。原来昨天她回娘家去了，临走时不放心，让邻居家的老夫妇帮忙看门，晚上就住在室内。而那位山西人来探望她时，等了很久见她还不回来，就先离开了——离开的时间恰好就是流氓去吃酒饭的时候，所以那流氓并不知道他已经走了，而半夜摸进去杀掉的，其实是睡在床上的邻居老夫妇。

如此重大的无头双尸案，震动京城。官府怀疑此案与奸情有关，便抓捕了女子，并按照周围邻居提供的线索，将那山西人一并拿来。虽然严加审讯，但两人不肯招供，“无确证，不能具狱”。好在主审官是一位明察秋毫者，他观察发现“妇虽色美，而端好无荡意”，那个山西人则厚道木讷，都不大像是那种道德败坏的人。但既然邻居老夫妇被杀在妇人家，势必与妇人有关。他经过仔细调查，缉拿了几个骚扰过这位妇女的行径的市井流氓，其中一个从到案开始就显得特别紧张。主审官严厉讯问之下，他终于承认了自己当晚误杀老夫妇的罪行。问他把人头扔在哪里，他说抛在井中。这时，听到消息的堆子兵心虚招供，说从井中捞出人头后，怕担干系，扔在卖米粉的桶里了……这样一路追到那家店铺，店主只好承认把两颗人头埋在后院了。

哪知差役把后院的土挖开，发现里面居然还有一具尸体！

原来店主深知公门好进不好出，尤其是凶杀案，一旦事发，就算案件和自己毫不相关，不上下打点也休想洗白，搞不好就会闹个倾家荡产。而学徒还小，又多嘴多舌，威逼利诱都未必能保证他不把这样惊险刺激的事情宣扬出去。于是一不做二不休，在挖坑埋人头的时候，将学徒也杀死了。

如此离奇复杂的杀人案，最终还有一个案中案，实在是令人目瞪口呆。在明清笔记中，虽然记录误杀的案件很多，但能够"媲美"此案的，恐怕只有记录在《虞初支志》里面的"八命奇案"。

河南有户人家，夫妇俩有两个女儿，长女已经嫁人了，次女还待字闺中。这一年夫妇俩到武当山进香，家中便只留次女一人看家。

这户人家的邻居乃是一个屠户。屠户与书生王某相识，有次王某到屠户家买肉，被那家的小女儿看上。小女儿便偷偷让屠户的老婆牵线："嫁夫得王秀才，足矣！"屠户的老婆向丈夫透露了此事。屠户一听，淫心顿起，决定冒充书生趁夜入户，奸污那个女孩。当晚他翻墙摸进隔壁人家的室内，"于暗室中摸床有二人"，不禁勃然大怒，想这一定是王某占了先机，于是回到自己家，"取屠刀断二人吭"，然后把两颗头颅裹在衣服里翻墙而出。这时夜已三鼓，有个住在附近的以卖糕为生者，听见狗叫得厉害，出来一看，与屠户撞了个正着。两个人平时关系极好，屠户便一五一十向卖糕的说出实情。两个人一起到卖糕的家中商议怎么处置这两颗头颅。

3．“女之为祸烈矣哉”？

第二天一早，一声惨叫惊动了街坊四邻，众人聚来一看，只见是那户人家的次女坐在屋子门口痛哭不已。原来，昨天她的姐姐担心父母远出，妹妹一个人在家不安全，便带着丈夫来探望。当晚妹妹让姐姐和姐夫睡在床上，自己则移寝他室，所以屠夫才杀“错”了人。

地方官讯问这女孩，“其父母出门后有何人往来其家者”，女孩支吾半天，才说出王生的名字。王生立刻被拘捕到县衙，严刑拷打。王生一介书生，哪里受得了这番苦楚，只好招供，但有司若想定案，必须找到那两颗人头。王生哪里说得出，所以官府每天都酷刑相加。这么挨了一个多月，王生“惟速死为幸”，便问计于看守囚牢的老吏。老吏说：“给我八十两银子，我可以给你找到那两颗人头。”王生同意了，让家人变卖产业，凑了八十两银子交给老吏。很快，老吏便将埋有两颗人头的地址告诉了王生，王生招供出来，官府派人挖出了那两颗已经腐烂的人头。

那个屠户见自己成了漏网之鱼，十分高兴，“一夕饮酒醉，与妻谈往事，为偷儿窃听之，事遂泄”。就在王生即将被押赴刑场开刀问斩的时候，案情突然出现了惊人的反转。乡中里正得知消息，立刻向官府举报，屠户刚一被捕，就俯首认罪了，并供出了两颗人头就埋在卖糕者家中的灶台下……衙役们挖开灶台，又像前面讲的花市奇案一样，惊现“两头一尸”！原来，那天晚上屠户跟卖糕者一起到其家中商量下一步该如何是好，恰好有个贩枣者当晚也投宿在卖糕的家中，被进进出出的动静吵醒了。屠户怕事情败露，索性拎起放在墙角的锄头就把他打死了，然后将他和那两颗头颅一起埋在了灶台里。

直到这时，官府才意识到还有一件事必须追究，那就是——王生招供出的两颗深埋土下的人头，死者到是谁？一番审问，方知是老吏贪图那八十两银子，“以其家之一僮一婢杖杀之”，然后割下人头加以掩埋，并将埋藏的地点告诉了王生……整个案件到此方真相大白。除了遇害的长女夫妇外，还有无辜卷入命案的贩枣者、老吏家的一僮一婢，加上屠户、同犯卖糕者，还有那个老吏，都要偿命伏法，合计在这起案件中共有八个人被杀，因此可谓是“八命奇案”。

四、清朝的两则“六指人冤狱”

中国自古盛产冤狱。古时候太迷恋“圣君明主”，总以为“人治”再漏洞百出，总还存在着一个完美无缺、公正无私的“最高层”。直到近代，人们才终于明白这只是一厢情愿的妄想。但穿惯了汉服，总觉得西装不够随心所欲，于是拉拉杂杂地又拖延了一个世纪，直到今天才达成共识：落实“法治”是减少冤狱的唯一方法。

古人与今人一样痛恨冤狱，尤其是有思想的知识分子，因为他们深知，对冤狱的无视就等于对罪犯的放纵，早晚有一天自己也会成为受害者，所以他们在笔记中不仅记述了大量关于冤狱的案例，还经常出现“折狱需慎”“毋滥刑”之类的警示，每一个警示的后面可都是惨绝人寰的血与泪。

这次，我们就来说说发生在清代的“六指人冤狱”，了解一下两起堪称“标本式”的冤案是怎样发生与落幕的。

1．柴火堆下的尸体

如果提到中国近代史的“洋务运动”，必然会提及薛福成。

薛福成属于我国近代为数不多的几个很早就“开眼看世界”的人，他虽然出生于江苏无锡的一个书香门第、官宦之家，但青年时代就决意弃八股试帖之学，而致力研究经世实学。他曾先后入幕曾国藩和李鸿章，对清末中国的政治、经济、军事、外交都做出了重大贡献。

薛福成是个做实事的人，所以文章也很少空谈。尤其是笔记，往往兼有文学价值和史料价值。特别值得一提的是，在我国史料笔记中占有重要地位的《庸盦笔记》(薛福成号“庸盦”)，曾采录了不少晚清政治、经济及社会习俗等方面的资料，也记述了不少饶有风趣的奇闻轶事。“六指人冤狱”即是其中的一篇，详细描写了发生在嘉庆年间的一起真实的冤案。

嘉庆年间，“浙江某县乡人有娶妻者”，新婚之夜，新郎走出洞房去上厕所，一去就是很久，直到半夜三更还没回来。家里人忙碌了一天，都已经困倦睡下，才听到新郎上完厕所回到房中的声音。第二天一早，家人起床，发现洞房的门大开着，问了一下新娘，说是新郎一早就出门去了。于是大家该吃吃该忙忙，等新郎回家。谁知新郎这一去竟数日不归，家人开始觉得不对劲，在街市上打听了一圈，从来没有人见过新郎。回到家中，有个仆人上厕所时，突然觉得厕所角落累积的柴火堆好像有点“厚”，掀开一看，里面竟藏着新郎的尸体！

全家人吓得目瞪口呆，赶紧问新娘这是怎么回事。新娘哭哭啼啼地说：“花烛之夜，新郎进了屋子没有多久，就出门说去上厕所，夜半才回到屋里就寝。天快亮的时候，他问我的金银首饰一共有多少，都放在屋子什么地方，说是有急用。我一一告诉他，他从床上爬起身，我问他做什么，他说习惯早起，让我再多睡一会儿。他在屋子里窸窸窣窣地翻了好一会儿，就出门去了。我后来看了一下我的金银首饰，都不见了。”家人怀疑上完厕所回到洞房中的并非新郎，问那人状貌如何，新娘说：“深更半夜，灯影朦胧，根本看不清楚，只看到他好像有六个手指头。”

恰好村子里有一个六指人，平常就行为不端，偷鸡摸狗兼带调戏妇女，为众人所不齿。家人听完新娘的哭诉，断定就是他杀害了新郎，到县衙告状。县令立刻下令，将六指人缉拿。六指人起初死活不承认是自己杀了人，后来熬不过刑讯，只好认罪，旋即被处死。

可怜那新娘，新婚还没几天，新郎就惨遭杀害，自己还被六指人凌辱，于是悬梁自尽了。而新郎的母亲只有一个儿子。数日之间，儿子、儿媳都相继死去，本来的大喜变成大悲，自己活着也没有意义，也上吊自杀了。

2. 洗头露出了六个手指头

数年以后，发生六指人案件的这个地方的一位商人，去福建省做生意，在旅馆里碰上一个同乡，两人一起喝酒聊天，非常高兴。那同乡忽然问起："听说几年前，家乡发生了一起新郎被杀的案子，我这么多年一直在福建，不了解情况，不知道那案子破获了没有？"商人道："那件案子啊，早就破获了，凶手已经被处斩啦。"同乡脸上顿时露出了高兴的神色。

当晚，商人来找同乡去外面逛逛，一进屋，发现他正在洗头，连声道歉。正待退出，突然瞪圆了眼睛——因为那人抓搔头发的一只手上有六个指头！

那同乡觉察到商人逼视的目光，迅即将长着六根手指的手藏起，谁知这样一来更加暴露了他心中有鬼。商人追问他到底是何时来福建的，为什么对新郎被杀一案那么热衷了解。同时，对他说："已经有人做了替死鬼了，你就把真相告诉我，又能怎样？"

六指同乡实在经不起盘问，只好一五一十地说出了事情的真相。原来，多年以前他是个盗贼，有一天到邻乡去看看有没有什么油水可捞，见有一家人正在办喜事，想必有很多财物可以偷，便躲在厕所里，打算到所有人睡下后再动手盗窃。谁知新郎正好进来上厕所，两人一照面，盗贼怕他呼喊，暴露了自己，便冲上前去，掐住新郎的脖子，将他活活掐死。然后他换上新郎的衣服，将尸体藏在柴火堆里，潜入洞房行窃。一见新娘姿色貌美，不禁起了色心，上得床去。第二天一早，他从新娘口中问明白了金银首饰所藏之处，便洗劫一空，扬长而去，一直逃到福建省，隐姓埋名地躲藏起来。如今碰到商人，想探问个确实音信，既然案子已结，又有了替死鬼，他就准备找时间溜回家里去看看。

商人假意承诺六指真凶，替他保守秘密，暗中派人赶紧去本地的官府报告。当晚，旅店被官差层层围住，将六指真凶捉拿归案，一讯即伏。福建省的督抚为此事准备了奏章，并把案件移交到浙江省核查处理。六指真凶被判处死刑，而冤杀无辜者的县官被逮捕治罪，浙江省的巡抚和知府也都因为冤假错案致死人命，遭到了法律的严厉惩处。

3. 到底是谁冒犯了新娘

无独有偶，在清代，“六指人冤狱”还不止这一起。吴炽昌撰写的笔记《客窗闲话》中，也有这样一桩的奇案。

山西省安县有个叫林宝光的富翁，50 多岁生了个儿子叫林继业。林宝光请了表亲之子来当管家，此人左手六指，人们叫他“张岐指”。林继业 15 岁要娶媳妇时，张岐指开玩笑道：“你这么小，哪里懂得男女房事，干脆我代替你吧。”林继业听了十分生气。

完婚那天，参加酒席的有上百人之多，尤其是年轻的后生们，簇拥着林继业，非要将他灌醉不可。新娘在新房里等了很久，还不见从未谋面的夫君回来，就熄了灯上床休息。忽然一人上得床来，新娘以为是夫君，便任其宽衣解带，并在肌肤接触中，清晰地感受到了他多余的指头。完事后，“夫君”匆匆下床，出门而去。

一会儿，林继业举着火烛走了进来，要与新娘行夫妻之事。新娘一看他的手指并非六指，大喊大叫，惊动了家里人。林继业很是郁闷，问新娘出了什么事，新娘斥责他要非礼自己。林继业说：“我是你的丈夫，非礼什么！”新娘一听大哭说：“刚才有个六指的人，冒充新郎，已经进得房来，将我羞辱，离去才不久。”林继业一听大怒，拔剑直奔张岐指家中而去，见到张岐指，挥剑便劈，多亏家人赶到，夺下宝剑，将张岐指押送到县衙去了。

县令方尹对诉讼双方进行审讯，张岐指坚称自己在婚礼半途闹肚子，回家去了，根本不曾冒充新郎。方尹发现张岐指是六指之人，又了解到此人平时喜欢干一些男女之间的风流事，断定他就是罪犯。这时传来新娘自缢身死的消息，方尹一怒之下，下令对张岐指用大刑，张岐指不堪痛苦，很快认罪，遭到处决。

谁知没过多久，有个叫程三儿的小偷在邻县作案被捕，在审讯中招供了冒林继业奸新娘之事。原来，林继业大婚那天，程三儿冒充来宾，混进酒席。后不知怎么的，误走到新房，见昏暗的房间里只有新娘一人，淫心大动，便行奸污——而这程三儿恰好也是个六指之人。

两起“六指人冤狱”的发生，从某种意义上说，都是判案的县令在推理过程中犯下了逻辑错误。众所周知，所谓推理，就是从一个或几个已知判断（前提）中推出一个新判断（结论）的思维形式。为了保证推出的结论真实可靠，就要求每个前提必须是真实的，并遵守相应的逻辑规则。

那么，我们来看这两起“六指人冤狱”，制造冤狱的两位县令的逻辑是怎样的呢？他们的推理过程如下：一、犯人（杀人凶手或冒奸之人）是六指；二、嫌疑人也是六指。于是推出结论，嫌疑人就是犯人。在这样的三段式推理中，作为前提的两个判断都是真实的，但推出的结论是错误的。因为在三段式推理中，中项是起“媒介”作用的，通过它，大、小项的联系才能确定，这就要求中项必须将自己的全部外延介入大、小项的关系中。而在这两起“六指人冤狱”中，中项是“六指”，但是世界上并非只有嫌疑人一个人是六指，完全存在着其他介入案件者也是六指的可能，所以根据“六指”这一单一特征就断定其人是罪犯，肯定是容易犯错误的。

不过，这两起冤案的成因有一个共同点，就是新娘在婚前都没有见过新郎。清代是封建礼教“达到顶峰”的时期，婚姻大多包办，尽听父母之命、媒妁之言，所以男女双方对对方的身体讯息一无所知。否则，新娘不会连新郎是否有六指都不知道。世上很多悲剧，都是以习俗的鄙陋始，以制度的缺失终，而那些直到今天还在为鄙陋的习俗和缺失的制度大唱赞歌的人，其实不明白，他们所缅怀的畸形还是矫正了的好。

五、清朝末年，震动上海的一次尸检

清朝同治壬申年（1872）的一天，上海县令陈其元突然接到一条消息，“英国领事官某病卒”。洋人的事，只要与外交无涉的，大清官员向来是敬而远之，陈其元自然也不例外。何况按照外国的礼仪，非死者的至交亲属，不冒昧吊唁，所以他也就不去问。恰好这一天，他有公务外出，坐着轿子出城门，却见大批洋人聚集在一处空场上，围拢着什么观看，并窃窃私语，这不禁让陈其元紧张起来。毕竟去年底，三口通商大臣崇厚把同治帝的道歉信呈递法国总统梯也尔，天津教案才算彻底平息。在这个节骨眼上，上海无论如何不能出跟洋人有关的案子。

询问情况之后，得到的回复令陈其元目瞪口呆，原来那位领事死于剧烈的咳嗽，为了搞清楚死因到底是肺病还是其他什么疾病，“故剖其胸腹视之”。而如此在大清帝国官员的眼中无异于凌迟剜心的事儿，洋人却毫不避讳，而且就在光天化日之下，“人之聚观以此也”。

这件事让陈其元一生印象深刻，以至于晚年还写进了《庸闲斋笔记》里，也许是因为他隐隐感到，对于中国法医史而言，一切都太具有象征意义了。

1. 用了六百年的《洗冤录》

有两件事，很少有人知道。

其一，直到清朝末年，我国都没有现代意义上的“法医”，而只有“仵作”。有些人喜欢把法医和仵作画等号，这是大错特错的。“仵作”一职其实源于搬运尸体的工人，他们负责死者的入殓、下葬等种种事宜，在世人的眼中是充满晦气和不祥的低贱工种。随着历史的发展，命案的增多，一部分仵作被招入官府，检验非正常死亡的尸体，但其社会地位依然没有得到显著提高，而且绝大部分人也几乎不具备毒物学、解剖学等和尸检相关的知识，能看出伤口是什么凶器造成的就很了不起了。

这也就导致在我国古代很多命案的审理过程中，扮演法医角色的往往不是仵作，而是主审官员。比如在清代笔记《郎潜纪闻三笔》的第六卷，就记载了以“善于折狱，摘发如神”而闻名的浙闽总督赵廷臣的一桩轶事。有一次地方上发生了一起凶杀案，凶手被抓获之后，已经承认了罪行，但赵廷臣在复审时看了案卷，提出了质疑：“致死的伤口不到一寸，而凶手招供后呈交的凶刀，刀刃长有一尺，完全对不上号，这很明显是一起冤案！”于是他下令重新勘查这一案件，“后果获真盗”——问题在于，倘若仵作在验尸时，连凶器和伤口不对位都验不出来，可想而知其“业务能力”是何等低下。

其二，直到清朝，我国的刑事案件的审理中，涉及“尸检”的工作中，最重要的参考书竟然还是《洗冤录》！比如雍正六年（1728），颁布给各州县设置仵作的上谕中就有规定：“仍于额设之外，再募一、二人，令其跟随学习，预备顶补，每名给发《洗冤录》一本，选委明白书吏一人，与仵作逐细讲解。”道光年间的能吏许梿“素留心检验尸伤损”，他于1856年所刊刻的《洗冤录详义》对宋慈的原著进行了释义和评论，但整体上依然是《洗冤录》的增注本——要知道早在200多年前的欧洲，德国莱比锡大学已经于 1642 年开设系统的法医学讲座；1782 年柏林创办第一份法医学杂志，标志着法医科学初步形成独立体系；而清朝竟然还在用 600 年前南宋时期的法医著作，可以说是十分落后了！

也正因此，在清代笔记中，涉及尸检的事务中，经常可以见到《洗冤录》的影子。比如《冷庐杂识》一书中，便记载有道光甲辰年（1844）夏天发生的一起案件，“通州民妇康王氏之姑康陈氏与姨甥石文平口角，为石文平殴伤，愤懑自缢”。石文平贿赂康王氏，让她伪称自己的姑姑是病故的。而康王氏有个名叫王二的亲戚，“素与有怨”，到处宣扬康陈氏之死是因为撞破了康王氏和石文平的奸情，被他俩合力谋杀。主审官萧培长和王莹负责侦办此案，“康王氏等畏刑诬服”。官府为了确保不是冤假错案，还专门打开康陈氏的棺材进行尸检，“适雪后阴晦严寒，未用糖醋如法罨洗，误认缢痕为被勒，遂以谋杀定谳”——这里面提到的“糖醋如法罨洗”就源自《洗冤录》中的“洗罨”一节，“尸于平稳光明地上，先干检一遍。用水冲洗，次挼皂角洗涤尸垢腻，又以水冲荡洁净……如法用糟、醋拥罨尸首。仍以死人衣物尽盖，用煮醋淋，又以荐席罨一时久，候尸体透软，即去盖物，以水冲去糟、醋方验”。大意是说在尸检前要用糟、醋拥罨尸体，等尸体透软了再用水冲去糟、醋，上面的伤痕才能清晰地看出来——而在对康陈氏进行尸检时，由于“雪后阴晦严寒”，仵作偷懒，忽略了用糟、醋拥罨尸体然后冲洗这一环节，所以才误认缢痕为勒痕，造成了冤案。

所幸“刑部额外主事杨文定以案多疑窦，白之堂官，请旨覆讯，始得实情”。道光帝还特地下旨：“杨文定留心折狱，平反得宜，即擢补员外郎。”

2. “杨氏塘”里的浮尸

正因为清代的尸检大多是走过场式的糊弄，才给了那些为非作歹之徒以可乘之机。这一点，从《清稗类钞》中的一则名为“宁德跣羽士案”的记录中，似可以观其大略。

此案甚奇。先来个名词解释，标题中的“羽士”就是道士的意思。这一案件的主人公名叫杨绍煊，是福建宁德人，“家殷实，所居去县数十里，宅后有园，极旷奥”。这样悠闲自在的田园生活，也养成杨绍煊恬穆的性格，他每天在园子里吟诵诗词，悠然自得。园子的旁边有个池塘，附近的人们称其为“杨氏塘”。

这年夏天，有个道士到杨绍煊家门口乞讨。杨绍煊便给了他一些钱粮，他却还不知足，赖在门口不走。杨绍煊很生气，叱责了他一顿，谁料那道士嘴里不干不净地开始咒骂，杨家的人很生气，拿了鞭子就去抽那道士。道士跟现在很多碰瓷的人一样，一头栽倒在地上装死。杨家的人懒得理他，关上了大门。道士“卧陇畔，久之”，见没人搭理自己，踉踉跄跄地离开了。

第二天，“杨氏塘”中浮起一具尸体，身上穿的正是那个道士的衣服。因为浸泡的缘故，尸体面部浮肿，看不出模样。乡人只好向里正报告。里正与杨绍煊一向不和，从前还曾经因为一桩案件打过官司，结果输了，一直想报复杨绍煊，“且微闻其鞭羽士事”，于是他立刻向县令报告，说是杨绍煊用鞭子将道士抽死后扔在池塘里。县令收了里正的贿赂，加上他本来就对狂放不羁的杨绍煊看不顺眼，下令将其逮捕，每日严刑拷打，逼其认罪，而所有出面替杨绍煊申冤，给他提供不在场证明的人，一并逮捕惩治。很快，整个县里没有人再敢给杨绍煊鸣不平，“绍煊不胜苦，将诬服矣”。

不久，案件提交上级复审。郡守郑某是个清官，为人耿直，在审案卷的过程中，产生了怀疑，下令将“羽士”的尸体挖出来重新验尸。他发现，尸体“背现伤痕，大如盆，盖椎击者”，在场的里正“见状色陡变，且强辩不已”。但无论他怎样强辩，鞭子抽出的痕迹跟铁锥刺出的痕迹有着天壤之别。郡守一看里正这副气急败坏的样子，立刻怀疑上了他，但无论怎么审问，里正都坚决不承认羽士的死与自己有关。

郡守一向足智多谋，他听说这个里正向来迷信，疑神疑鬼的，“乃使人夜抵其家，作鬼语”，即装成羽士的鬼魂喊冤。这一举动吓得里正号啕大哭，说了实话。原来，死者是里正的朋友，里正曾经向他借过一大笔钱，那天朋友来要账，他还不上，两个人发生口角，里正一时冲动“乃以椎毙之”。正在发愁不知该怎么处理尸体时，他忽然听说杨绍煊的家人用鞭子抽死了一个道士，便偷偷赶过去，正好看到那装死的道士站起来，踉踉跄跄地要离开。他赶上前去，向道士买下他穿的衣服，又给了他一笔钱让他远走他乡，然后给朋友的尸体“服羽士服而堕于塘中也”。

真相大白，郡守“乃释绍煊，置里正于典”。

“宁德毙羽士案”的案情一波三折，甚为离奇，不过更加离奇的，恐怕是在杨氏塘里发现尸体之后，仵作居然“忽视”了凶器和伤痕完全不吻合连三岁孩子都能发现的问题。恐怕只有一个原因能解释：那个仵作早就被里正用钱收买了。

3．用电学解释“尸变”

不过，到了晚清，随着洋务运动的开展，不少开眼看世界的中国人开始用科学的态度来看待那些诡异离奇的尸体。比如在第一册中我们曾提到在《洞灵小志》中，作者郭则沄极其稀罕地写了一篇用科学破解“尸变”现象的文章。

“凡生物咸有电质，人之初死者，阳电灭而阴电存，偶触阳电，辄尔跃动，或起而逐人。其逐人者，正两电相引也。”有个名叫赵贞吾的人告诉郭则沄，他的表兄“翩翩玉立”，可惜才活了二十多岁就因病去世了。表兄和老婆的感情十分深厚，年二十余便殒命，等到他死了，他的老婆痛哭不止，抓着尸体的胳膊不停地摇晃，喊着：“你为什么不能说话了啊，你怎么忍心抛下我去了啊！”话音未落，“尸一足已起”，吓得妇人魂飞魄散，撒腿就跑。得到消息的人们赶了过来，“众共扼尸，缚而亟敛之”。最初，妇人发誓要给丈夫殉死，自此再也不说这句话了。有那缺德嘴损的揶揄她：“当初你男人刚死时，你指天画地说要殉死，说得那么决绝，现在怎么说话不算了呢？”这妇人后来守寡多年，活到60多岁。在郭则沄看来，“《新齐谐》（即《子不语》）记尸变事，以为魂善魄恶，其时犹未明电学也”。

虽然用电学解释尸变，有些地方还略显牵强，但总比鬼魂附体之类的说法进步太多了。清末到民国初年的历史中，国人像坐在一艘行驶在波涛汹涌的大海上的小船，颠簸不止。大部分人昏昏沉沉，随波逐流，甚至总想着掉头返古，也有极少数人一直瞪圆了眼睛，希望找到一条重新使祖国富强的道路。而包括法医学在内的西方先进科学技术的引进，必然会使他们在震撼和惊叹之余，反思几千年专制统治造成的保守、落后和退步，就像陈其元目睹洋人公开验尸后在《庸闲斋笔记》里写下的感受："向来外国人身死，若医士不能悉其病源，则必剖割视之，察其病所在。然后乃笔之书，家人从不之阻，亦并无以为戚者。"陈其元不禁想起了《南史》中的一段记录，有个名叫唐赐的人到邻村的彭家喝酒，回来后突然重病。临死前，唐赐让妻子给自己的尸体做解剖，寻找死因，妻子依言而行，"刳验五脏，悉皆糜碎"，尚书顾觊之说妻子解剖丈夫尸体，唐赐的儿子又没有及时阻拦母亲。所以将唐赐的妻儿一起处死。陈其元感慨道："由外国观之，张氏母子岂非冤死哉！"

试想，如果再不拿起解剖刀，而依旧奉《洗冤录》为圭臬，冤死的又何止张氏母子啊！

六、陷阱：清末的仙人跳和放白鸽

据媒体报道：2021年，于1996—1999年伙同男友法子英采取“仙人跳”的方式先后杀害7人、逃亡23年的女犯罪嫌疑人劳某枝在厦门警方的“云剑行动”中，被思明公安分局刑侦大队通过大数据信息研判抓捕成功。这一消息引起了轰动，被视为我国近年来刑侦战线上获得的又一重大胜利。

对于“仙人跳”这个词汇，一些对法制新闻关注较少的朋友比较陌生。其实与之类似的还有“放白鸽”。下面，笔者就来帮您通过清末民初的笔记来说一说中国历史上“仙人跳”和“放白鸽”犯罪最严重时期的往事。

1.“锦凤楼”上的圈套

首先应该阐明的是，“放白鸽”和“仙人跳”虽然在手法上有类似之处，但它们是完全不同的两种犯罪形式。“放白鸽”是指诈骗团伙以婚姻为名嫁出“女儿”，收受彩礼之后，一走了之；而按照《清稗类钞》中的释义，“仙人跳”则是“男女协谋，饰为夫妇[①]，使女子以色为饵，诱其他之男子入室。坐甫定，同谋之男子若饰为夫也者，猝自外归，见客在，则伪怒，谓欲捉将官里去。客惧，长跽乞恩，不许；括囊金以

① 《清稗类钞》在此处有一句注释云：“亦有出之正确之夫妇者”。——编者注

献，不足；更迫署债券，订期偿还，必满其欲壑，始辱而纵之去。谓之仙人跳”，亦谓之扎火囤。

这两者虽然都是犯罪团伙利用男女之事诈骗钱财，但最大的区别在于，前者是“明媒正娶”，后者是“撞破奸情”，如果说前者是“文骗”的话，后者则是“武骗”。

“放白鸽”和“仙人跳”在形形色色的骗局中，都被归入“色骗”，在我国有悠久的历史，在宋代叫“美人局”，在明代称“扎火囤”。凌濛初在《二刻拍案惊奇》曾作诗一首专说此事：“睹色相悦人之情，个中原有真缘分。只因无假不成真，就里藏机不可问。少年卤莽浪贪淫，等闲踹入风流阵。馒头不吃惹身膻，世俗传名扎火囤。”到了清代，二者才被划分成两类。

《右台仙馆笔记》记有道光年间发生的一起非常典型的“仙人跳案件”：吴江有个姓顾的书生，因为应试赴苏州，寓居吉利桥畔。吉利桥旁边有间茶肆名曰“锦凤楼”。饭后无事，顾生偶往吃茶，进去之后发现客满，只在角落有一张桌子，有一名老妇偕一少妇共坐，“无他客”。顾生便在那张桌前坐下。“妪即与顾闲话，久之颇浃洽”。老妪说：“此间茶无味，郎君如有兴，何不同至我家，当烹佳茗相待。”顾生欣然从之。与老妇归家，上得楼去，其楼上陈设颇为精雅。当时正值鸦片烟盛行，卧榻之上烟具存焉，老妪请顾生试尝之。顾生辞谢，老妪一边劝他说：“偶然游戏，何妨为之”，一边命少妇烧烟奉客，顾生只好登榻。老妪帮他脱了鞋，说：“任意眠坐，无拘束也，老妇有事且去。”说完下得楼去。没多久，楼下突然传来激烈的叩门声，少妇遽起下楼，顾生觉得疑惑，轻轻地跟在她身后下了楼，并躲在暗处。只见那少妇开了门，顿时有男子 30 余人冲进来，问人在何处，少妇说“在楼上”。这 30 多条大汉跟在少妇身后登上楼去，顾生赶紧趁机溜走。“盖苏俗往往有以妇女为鹞者，少年子弟误入其中，必尽取其服物，且迫使书借券，或数十千，或数百千，乃始释之，谚谓之‘仙人跳’。”

《清稗类钞》对“仙人跳”的犯罪手法进行了详细的分析：这样的犯罪多是“集党以为之者”。具体犯罪时分成三批：第一批包括作为诱饵的美丽少妇，以及创造诈骗目标不得不走入圈套的环境——以顾生为例，“锦凤楼”之所以客满而只空一桌，恐怕那些占座的人都是犯罪团伙成员。他们的目的是“先使女子引诱男子，与之周旋”。等到目标上钩，第二批成员便可上场，“其党十数辈，各携武器，追踪而寻获之，气势汹汹，不可向迩。佯称妻为所污，非死不可，否则汝既爱之，汝可买之，并须赔偿平日一切费用，否则决不再留此被污之妇云云。男子或稍抗拒，则伪为夫者必连声喝打。”这时，第三批“调解人”出场，他们“竭力劝解，迫令男子献金，并将其衣服及随身所有者悉数括之而后已”——能从这一系列精心编织的圈套里逃出生天，不能不说是顾生的机敏和好运气使然。

2．“十数炮船”围剿犯罪团伙

“仙人跳”犯罪的猖獗，在清末民初达到最高峰。笔者在清代学者欧阳昱所著笔记《见闻琐录》中找到了一些叙述其情状的文字。由于欧阳昱本人曾经在苏浙一带长期任幕僚，所以他所记很多都是任职期间的实录，着实可信。

从记录中可以发现，“仙人跳”的犯罪主要集中在扬州、高邮、邵伯、淮安、清江、宿迁、沭阳等地。先说扬州，当地有一班媒婆，专门介绍外地客人到本地结亲，且看上去很规矩。他们把外地客人带到女方家里，有户有产，客人自然放心。等交了彩礼把女子领回家，短则十天，长则一月，突然有人找上门来，问为什么把自己的妻子拐卖到此地，并指责客人是拐子。客人很震惊，说有户口和媒人可凭，但寻媒婆则杳无踪矣；寻那女子的“娘家”，“原宅则虚无人矣”。这一下，女子的“家眷”可算得了理，“愈骂客为拐子，必欲扭之见官。复有一班人从旁劝解，客胆小者，不惟还其人，且须出英蚨求寝事”——“英蚨”即鹰洋（墨西哥银圆），“寝事”乃息事宁人之意。

当然，也有特别强硬的客人，就是要掰扯个清楚的，那些“家眷”就真的去告官。而晚清官府，好一些的办事因循，更多的干脆指望官司赚钱。既然被告在外地，那么吃的只能是本地的原告，“门丁差役，需索过多，非一二百金不可”。这样几年过去，耗去数百两银子而官司依然在打。欧阳昱在扬州任幕僚期间见过一个案子，因为事涉两地，“两县文移提问，两处衙门及道途费用，兼延累 4 年未结，闻客仅中人产，已去其半矣”！

但是，扬州这样的情形还算是好的，真正可怕的是高邮、邵伯、淮安、清江、宿迁、沭阳一路，那里的仙人跳是“针针见血”。“无赖子数十成群，带刀剑洋枪”，一旦碰上不肯归还诱饵、更不肯出银子了事的客户，则直接殴打。对于那些一开始并不愿意当诱饵的妇女，“即褫其衣，鞭打，香烧身无完肤，必得允而后止”。

而汉口以上，天门、沔阳、沙市、樊城一路的“仙人跳”，竟比前面几个地方还要凶狠可怕。犯罪分子团伙作案，对于不肯听话的客户，殴打就不用说了，而他们对拐来做诱饵的妇女，更是凶残至极，“路逢亲戚不敢认，认则夜必褫衣毒打”。有一位妇女做诱饵后，因为良心发现，把真相告诉买主，消息走漏，“此辈夜遂入屋攫出，寸斩门首而去”。买主十分悲愤，控于官府，但过了很久，“真凶迄不能获”。

造成这种为非作歹之徒横行世间的情况，欧阳昱认为直接原因是官府的制度缺陷。按照大清律例，这样的案件“六月缉人不到，为头参；再六月，为二参”。照规矩，四参就要革职。但很多地方官都是署理（清制，署理期限不得超过一年），“至二参已罢任矣”。接任官接手上一任留下的积案，“仍从头算起，至二参仍解职矣”。有的官员是实任官，至二参拿人不到，则又夤缘上司，调往他县，还是能够免责。所以这一类案件，至四参而革职者，百中无一。是故欧阳昱痛心地说：“设法非不严，其如巧径太多，遁于法外何？所以因循诿谢，此风日炽也。”

当然，也有些认真办事的贤能知县，尽管志在为民除害，一定要破获“仙人跳”犯罪集团，却也没有那么容易。因为此辈凶悍异常，派上十几个捕快去擒拿，“必格斗杀伤捕役”，若遣百余人往，“则又远飙数百里外”，所以哪个地域碰上这种案子，地方官都头疼不已。欧阳昱认为：“非大吏关心民瘼，不分畛域，勒限营伍，协同捕役严缉，其害实未易除。”

也有真的“除”成功的。前面谈到的那伙把泄露真相的诱饵“寸斩门首”的犯罪团伙，在作恶无数之后，突然遭到了覆灭。有一天，他们劫持了一个漂亮的妇人，在距离汉口五里的僻静处泊船，一路不仅张狂，还放松了警惕。后一起登岸买酒肉，小船上无人看守。“偶有小舟过此，惊见独一美妇在舱中，探首问之，声为同乡”，妇人把自己的遭遇告诉了船家，而且打开舱板给他看，“皆刀枪”，然后泪眼婆娑地让船家赶紧离开，“勿言，恐遭戕杀”。而小舟主人却有一颗侠义之心，急放舟至汉口，把情况告诉江营。“傍晚，此辈皆归，饮酒俱醉。二更后，营官驾十数炮船围之，岸上屯兵数百，防其逸逃，遂一一就擒，交县严鞫，直认杀死数妇女，掳劫数十妇女，辗转售卖，可得银数万两。审实，皆正法。”

3. 罕见的“用智不用力”案件

民国初年，社会动荡，“仙人跳”的案件依然高发，而上海由于商业发达，富商富户很多，也就成了骗子们施用此术的“重灾区”。特别是“上海大世界”和一些影剧院，活跃着特别多的“白鸽”和“仙人”。很多关于那一时期的回忆录，对此类事件都有所提及。

在诸多的民国史料中，笔者发现了一则虽属“仙人跳”，但用智不用力的罕见案例：上海有个姓朱的颜料商，资本雄厚，缺点是特别好色。有一天，他到一家戏院看戏，见隔座一位女子，仆妇环侍，气象华贵，俨然大家坐派。朱某正寻思怎么与她搭上话，忽见女子袖中一条丝巾落地，朱某赶紧捡拾归还，女子亦落落大方地鸣谢而纳于怀，并向朱某投来一瞥，朱某自然以目光相答。戏散后，女子登车而去，朱某犹翘首目送。这时，忽然一个小马夫过来告诉他，此女即某里某号某公馆的姨太太。

次日午后，朱某按照小马夫告诉他的地址去寻访，果然见门上高悬

“某某某公馆”的字样，唯独大门紧闭，毫无所见。朱某正在门口徘徊，不知如何是好，忽然抬头见窗口斜倚一人，正是昨天在戏院所见之女郎。她向朱某频送秋波，并命小婢开门引路。朱某入其室与之交谈，方知其夫是前清的“某大人”。此“大人”在沪上有类似的四五处小公馆，姨太太也很多，根本“周照”不过来。朱某一听大喜，认为自己找到了乘虚而入的机会。

此后，朱某经常来这座公馆，见此女郎的女友甚多，多是珠围翠绕，雍容华贵，且都不躲避朱某。朱某便跟她们一起叉麻雀、玩扑克、斗牌九。有一次朱某收账回来，路经其地，便进公馆找女郎，见其他的女友也在。赌局刚刚开始，他便说自己今天钱多，赌一把大的。正当大家兴高采烈之时，一个小婢提着茶壶，急匆匆跑来说：“少奶奶不好了，老爷回来了！”女郎赶紧让他到婢女房间躲避。朱某听从他的话，战战兢兢地躲在婢女房间。一会儿果然隐隐约约听到所谓老爷者的说话声音。婢女对朱某说：我们老爷脾气不好，随身带枪，闹不好真有可能杀人，你赶紧跳窗逃吧。朱某抱头鼠窜而去，连装满钱的皮包也没有拿。

次日，他复往访问。但见公馆大门紧闭，等候良久也不见人出来，连续几天皆是如此。打探才知道，女郎、女郎的女友、婢女以及那个“老爷”，都是“仙人跳”的诈骗团伙成员，从一开始就给自己布下了局，就等他收账后那个厚厚的皮包呢！

七、“宰白鸭”：清末那些真实的“替死鬼”

作家二月河在历史小说《康熙皇帝》中有这样一个情节：一个强奸少女的恶霸，被康熙下令处死，斩决那天康熙帝正好在刑场附近的茶楼喝茶，发现死刑犯竟是另外一个人。康熙帝一头雾水。反倒是茶楼上的老板比较了解“舆情”，遂介绍说：“万岁爷不知，如今，有那一等一的大户，犯了法，又不想去死，就花钱买个替身……这就叫‘宰白鸭’。凡是当白鸭的，不是穷得没法儿活，就是家里出了大事，急等用钱，只好拿命去换了。”

“宰白鸭”在我国古代封建社会，一直是一个长期存在的丑恶现象，晚清尤其严重。其中最有名的，当属轰动清代朝野的“王树汶案件”。

1. 一心求死的“白鸭”

《庸闲斋笔记》是清末著名学者陈其元根据自己多年游宦经历写就的一部具有极高史料价值的笔记，“其所撰述的朝章典故及吏治得失多有所据，异于寒素耳食者之流”。书中有一篇“福建宰白鸭之惨”，历来为史家所看重。

“福建漳、泉二府，顶凶之案极多。富户杀人，出多金给贫者，代之抵死，虽有廉明之官，率受其蔽，所谓‘宰白鸭’也。”一句话便把“宰白鸭”的现象及其原因说得明明白白。

陈其元的父亲陈鳌在泉州府审谳局任职，审讯一起斗殴致死的案件，正凶押解到大堂后，陈鳌一看他身体孱弱，年龄只有16岁，顿时起了疑心。因为随着案件资料一起送上来的尸格（尸检报告）上指出，死者身上有十余处刀伤，显示凶器并非只有一把，且伤口都很深，这说明砍杀“非一人所能为”，而且正凶“年稚弱，似亦非力所能为”。

陈鳌提高了警惕，仔细审讯，但正凶的供述滔滔不绝，与案件文书上的记录丝毫不差。陈鳌又让他把刚才的供述复述一遍，这下他才露出马脚。一般来说，犯人两次陈述同一件案子的案情，多少都会有差异，而这个正凶的供述竟“一字不误”，显然这不是“知情”，而是“背书”。陈鳌马上针对刀伤深度、刀伤类型等疑点加以驳诘，直指正凶一个人绝不可能犯下如此罪行。正凶虽然张口结舌，却死不改口，一副无赖的模样。

陈鳌却也不着急，耐心开导这个年轻人，告诉他生命可贵，不要浪掷。年轻人被陈鳌感动了，“始垂泣称冤，即所谓‘白鸭’者也”。

口供已改，陈鳌直接把案件驳回县里重审，谁知不久之后，县里又把案子打回来，仍照前议。陈鳌没想到面对一起已经揭穿的“宰白鸭”案件，县里居然还这样理直气壮，不禁勃然大怒，打算硬碰硬，然而“再提犯问之，则断断不肯翻供矣”。

这一回，陈鳌无论怎样给年轻的犯人做思想工作，犯人也不再改口，目光中流露出“谢谢大人，但我断无生理”的凄楚。而其他的审谳局官员都嘲笑陈鳌迂腐，“经行提讯，遂如县详定案”。等到主管司法、刑狱的臬司为此案做终审时，那位年轻的犯人“仍执前供”。臬司也觉得事情古怪，特地问道：“你这么年轻，安能下此毒手？”年轻犯人说：

“没什么，就是太恨那个家伙了。”

执行死刑的前一天，陈鳌专门去牢里看那个年轻人，问他为什么明明是“白鸭”却再也不肯翻供。年轻人泪流满面道：“您驳回案件，发县里重审后，县官对我大刑伺候，打得我求生不得，求死不能，父母又来骂我，说卖我这条命的钱已经花光了，如今翻供不是害他们吗？我一听，便铁了心认罪，替真凶一死了之。大人对我的拯救之心，我感激涕零，只有来生再报答您的恩情了。”

陈鳌听完，“亦为之泪下”。后直接辞官回家，“福建人命案，每年不下百数十起，如此类者良亦不少，为民牧者如何忍此心也？！”

2. 一头骡子捅出的大案

“为民牧者如何忍此心也？！”是陈鳌在对官场的黑暗感到彻底绝望时发出的痛呼。事实上，早在康熙年间，著名的文学家方苞就针对他的问题给出了答案。

方苞在《狱中杂记》里，也写过“宰白鸭”的现象：“有某姓兄弟以把持公仓，法应立决。”判决已经下达，一个胥吏对他们说：“给我一千两黄金，我放你们一条生路。”两个犯人目瞪口呆，问他具体办法，胥吏说：“我找两个单身没有亲戚的犯人，用他们的名字在斩决的判词上替换掉你们俩的名字，到时候上刑场的就不是你俩而是他俩了！”胥吏的同僚在旁边听了大惊失色道：“主审官万一发现，我们可就死定了。”胥吏大笑道：“一旦暴露，我们固然是要被判死刑，但主审官也要负连带责任，难免罢官。你放心，他断断不会为了两条人命毁了自己的前途的。”

结果，两个无辜的囚犯真的替那兄弟二人被处以了死刑。

从这个意义上讲，那位胥吏可谓深谙官场之道。对于封建社会的绝大多数官吏而言，保住自己的权力是保住一切利益的基础。因此，只要能保住乌纱帽，他们是不会顾虑两个无辜囚徒的性命的。

但是，如果真的碰上那种“死磕”的官员，“白鸭”还可救回一命，比如发生在光绪年间的“王树汶顶凶案”。

据清朝学者张祖翼撰写的《清代野记》和清末学者徐珂编撰的《清稗类钞》所记：光绪年间，河南多盗，“州县故广置胥役以捕盗，有多至数千人者”。而事实上，真正的大盗就混迹于“胥役”队伍中。他们穿着官服抢劫，“捕之急，即贿买贫民为顶凶以销案”。其中最有名的一个大盗名叫胡体安，这贼人做得顺手，胆子越来越大，竟冲进当地某“巨室”的家中入户抢劫。一般来说，能成为一地“巨室”的，都是家里有官、朝中有人的，岂能吃这个哑巴亏？这家人点名道姓地告到省里，河南巡抚涂宗瀛便下令抓捕胡体安。

胡体安意识到，这回算是摊上大事了，赶紧与一帮平日交好的胥役商量，让他的家童王树汶冒名顶替做“白鸭”，代替自己入狱。

王树汶是个只有15岁的少年，一开始坚决不同意，胥役们将他捕到监狱里严刑拷打，并许诺他定刑之后可以不死，逼得他只能同意做“白鸭”。按理说，一个15岁的少年，身体又一向羸弱，怎么看都不会是个威名赫赫的江洋大盗，但“县令马翥不暇审真伪，遽禀大府，草草定案”。

对于巡抚亲抓的大案，判决肯定要“从快从重”。直到王树汶被绑上槛车，押赴市曹的一刻，才知道先前承诺他“定刑之后可以不死”统统都是假的。“树汶一出狱，即大声呼冤”，但根本无人搭理这个“身负重罪”的死囚，围观的人们除了欢呼鼓掌，就是投掷石块。顷刻间，这个 15 岁的少年被砸得满脸是血。

就在这时，一件谁也没有想到的事情发生了。

拉着槛车的骡子不知道是受了惊还是被石块击中了身体，突然撒开腿狂奔起来。两个驾车的车夫无论怎么抽鞭子、勒缰绳也控制不住，骡子一直拉着车冲进城隍庙才停住了脚步。围观的人群被冲得狂奔乱跑，喊声沸天。这一下，惊动了附近巡抚衙门中的涂宗瀛。

3．一波三折的平冤之路

涂宗瀛并非不知道官场存在“宰白鸭”的黑幕，但是当他看到跪在大堂上的王树汶时，还是倒吸了一口冷气。

一来，王树汶实在是太瘦小了，不要说组织大群匪徒入户抢劫，走在路上能不被人抢就谢天谢地了；二来，作为一省巡抚，自己亲自督办的大案，底下的官员居然也敢找个无辜的人当替死鬼，这吏治简直无可救药了；第三，“御槛车者二人竟不能制一骡，骡直向庙中，亦不可解，岂冥冥中真有鬼神在耶”？！

涂宗瀛下令让所司复审，王树汶说明了自己的真实身份，并说其父名叫王季福，是住在邓州的一个农民。涂宗瀛马上发函给邓州牧知府朱光第，命他将王季福找到送来。谁知就在这时，所有戏剧中都会出现的反派跳出来了。

反派的名字叫任恺，这人当过南阳太守，参与过王树汶案件的审理，估计也得了胡体安的好处，生怕翻案。说来也巧，恰在这时，涂宗瀛改任两湖总督，接任河南巡抚的李鹤年刚刚上任。任恺抓住这个机会，给朱光第写信，让他不要去找王季福，并百般利诱之，尤其是告诫他，如果翻案，可能会牵动整个官场，连你自己的官位也难保。

中国古代社会的官场虽然黑暗重重，但最暗的夜里总是会有最亮的光，为当时的社会保留下一点元气和正气——朱光第就是其中之一。他接到任恺的书信之后，只回复了一句话："民命至重，吾安能顾惜此官以陷无辜耶！"

王季福找到了。他来到公堂之上，他马上就认出跪在地上的死囚"胡体安"正是自己的儿子，他抱着王树汶号啕大哭。

按理说，案子本来应该马上翻过来了。谁知一波未平一波又起，一个新的问题出现了。简单一句话就是：任恺是李鹤年的人。稍微了解中国封建社会"潜规则"的人都知道，所谓官场，就是一条又一条以同乡、同年、师生、部属结合起来的利益链条，非常像共生的动物，小的要帮大的啄除虱子跳蚤，大的要负责保护小的安全。现在眼看任恺要倒霉，李鹤年岂能不闻不问？他坚持按照《大清律》中"盗不分首从，皆立斩"的条文，要杀死王树汶灭口。

问题在于，那时已经是清末，民气初开，王树汶案件迅速传至全国。全国人民都知道王树汶只是胡体安的家童，绝非盗贼，而李鹤年杀他的目的也是司马昭之心——路人皆知。一时舆论大哗，朝廷遂派河督梅启照复审此案。

面对如此轰动朝野的大案，梅启照是怎样应对的呢？"河工诸僚佐，率鹤年故吏，不敢违鹤年恉，启照亦不欲显树同异，竟以树汶为从盗，当立斩”——梅启照居然要杀害一个 15 岁的无辜少年，来维持自己和光同尘的为官之道。

这一下，言官们骂声一片。清代的言官虽然有时党同伐异，偏执保守，但是因为设立这一职位的目的就是要监督官僚，所以还是能体现一部分民意的。慈禧太后虽然不满他们聒噪，却重视他们的意见，下令再审，终于最后判决王树汶无罪释放。而这么多的官员在此案中贪腐构陷，最终严办的只有一个县令马翥和知府马承修，革职戍边；其余诸如李鹤年等人“皆降革有差”，做做样子而已。最不可思议的是，捕捉胡体安的事情竟不了了之，一代江洋大盗终于还是逍遥法外。

可能最值得一提的，倒是那个喊出“民命至重”的邓州知府朱光第。他不仅被罢官，而且因为当官清廉，“贫不能归，竟卒于豫”。一起大案中，唯一一个正直的官员，却是唯一一个殒命的人。

据说最终让朝廷下决心给王树汶平反的，是一位学士在三法司会稿后面写的一句话：“长大吏草菅人命之风，其患犹浅；启疆臣藐视朝廷之渐，其患实深”，意思是假如这个案子不平反的话，鼓励封建大吏们草菅人命是小，让他们藐视朝廷尊威是大。换言之，在封建专制统治下，一个人是杀还是不杀，跟他到底有没有罪毫无关系，决定他生死的，只是哪种方式更能有利于维护官僚体制的稳定性。这样的政权，真的只是把人民看成一只只鸭子，宰或不宰，只看统治者饿与不饿。

八、“涿州杀夫案”：道光帝的荒唐错判

清朝的皇帝，应该算是中国封建王朝中素质最好的一群皇帝。即便平庸如同治者，也没有干出明熹宗、宋度宗、唐懿宗、汉灵帝那么多唯恐国家不亡的举动。而像道光帝这样被认为是苟安姑息者，搁其他朝代绝对是有道明君，主要是他爹、他爷爷、他曾祖、他高祖实在是太英明能干了，参照系过强而显得他“庸暗”。加之以他的才具，无论如何都应对不了鸦片战争这么一场划时代的剧变，所以才让后人提之未免鄙夷。下面，我们来讲讲道光登基不久亲自督办的两桩大案，或许可以看到这位中等才具的帝王在处理棘手的案件时，表现出的荒唐又可笑的一面。

1. 可疑的自杀

嘉庆二十五年（1820），嘉庆帝驾崩于热河行宫。不久，皇次子旻宁在太和殿继承大统，是为道光皇帝。

道光皇帝上任伊始，就以“迩言必察”知名。清末陈康祺所撰史料笔记《郎潜纪闻》中记载了一件小事：军机大臣在拟嘉庆帝遗诏时，中有高宗（乾隆）降生在避暑山庄之语。道光帝看到时，检读记载皇帝起居言行的实录，“始知高宗实于康熙辛卯八月十三日诞生于雍和宫邸”，又翻阅祖父的御制诗，确认了此事。于是下旨把几个军机大臣臭骂一顿，说我爷爷只认为避暑山庄是“都福之庭”，“并无诞降山庄之语”，

你们怎么连这等事情都搞错了！然后一通降级责罚，虽说显得有些矫情，但是道光帝想借此给大臣们留下一种“明察秋毫”的印象，是确凿无疑的。

此后数年，道光帝在吏治上颇有一番作为。参阅《清通鉴》，在即位的前三年，他没少跟贪官污吏较劲。道光元年正月里，他接到奏折，钟祥知县王余菖命人以木棒拷打人犯脚踝，竟将之拷毙致死。道光帝一面下旨惩处王余菖，一面给全国官员讲道理：犯人可以死于国法，不能死于非刑。九月，河南省查实了四起“虐民”案件，道光帝在上谕里又发了火：“朕之赤子，岂可任此贪酷之吏横行荼毒！”道光二年（1822）四月，针对当时很多地方官“吃了原告吃被告”的现象，他下令审案要简约有效，不得给受害人雪上加霜……

也许就是因为对吏治甚为不满，认为底下的官员“一窝黑”，导致道光帝在道光三年（1823）发生的“涿州杀夫案”中，出现了重大误判。

“涿州杀夫案”曲折离奇，全过程被清末学者徐珂详细地记述在史料笔记《清稗类钞》之中。书中记载，道光三年（1823）的一天，涿州县令忽然接到一起刚刚报上来的“自缢案”，有个富翁莫名其妙地突然上吊自杀了。县令赶紧带着仵作前往验尸，发现死者虽然符合《洗冤录》中所言的“凡自缢者血印直入发髻，八字不交”（缢绳经耳后越过乳突，升入发际，在头枕部上方形成提空，所以索沟不闭锁，古称“八字不交”），但咽喉间有明显的勒痕，“与自缢者殊，疑有别状”。于是，他差人暗中打听，得知富翁的老婆“不安分”。男女之事，最是纸里包不住火，街坊四邻说出奸夫的名字，官府抓来再一审，“具伏其平日与妇有私及合谋杀夫状”，于是按律判处了这对奸夫淫妇死刑。

接下来，谁也没想到这板上钉钉的案子竟然出现了变化。

当时刑部主管秋审事宜（对判处死刑的罪犯和案件进行复审的制度，因在每年的农历八月进行，故得名）的郎中名叫耆龄，此人搁到现在就是看多了《名侦探柯南》，总想找机会说一句“真相只有一个”的人。他在秋审过程中专门寻找各种案件审理中的纰漏，“欲以平反为能”。有道是念念不忘，必有回响，这货终于逮到了涿州杀夫案，详细看了尸检报告之后，“谓绞者八字必交，今察究伤痕，明与绞死者殊，疑有枉”——剧情在这里出现了逆转。

2．荒唐的错判

从某种意义上说，有耆龄这样的人在，于国于民绝对是一件好事。试想，审理每一桩案件的每一道程序，假如都有官员认真负责地提出自己的质疑，要求反复地审察、核实每一个证据、每一个细节，能避免多少冤假错案的发生？问题就在于，在封建社会有一个权大于法、可以逾越一切制度的皇帝。这就导致了任何案件的审理和判决都存在着以人的意志为转移，而不是尊重客观事实的可能。

耆龄对涿州杀夫案的质疑，不知怎么便被富翁的老婆知道了。她虽然被拘押在大牢，但仗着家里有钱，上下打点，居然把死去丈夫家的宗亲长老都说服了，让他们一起“连控都察院，均言此妇行贞洁”，要求为其平反。而刑部在复审过程中，这个罪妇“自知罪可逭，亦遂抵死不承”，一副不翻案誓不罢休的架势。

刑部把案件报给了帝国最高的裁判者——皇帝。

道光帝那时正在忙着“整顿吏治”，特别注重平反冤假错案，对官员审案办案中的疏漏加以严惩，“思一扫刮而振励之”。这当口，他一看到刑部的奏折，也没把事情搞明白，就下达了三道命令：第一是“特赏耆龄花翎，记名以道府简用，天语褒奖”，还下令刑部的所有司员都要学习耆龄，不产生冤案，只做冤案的搬运工；第二是把涿州杀夫案的原审官员“谴谪有差”；第三是把富翁的老婆开罪释放，“并以良家节妇横遭污蔑，特敕有司建坊旌表”。

沸沸扬扬的“涿州杀夫案”暂时尘埃落定了。而数年之后，这起案件的真相也终于浮出了水面。

首先是那个“良家节妇”居然与奸夫“自配为夫妇”，钦定的“旌表”也拦不住凡人的肉欲，而且他俩霸占了富翁留下的全部田地。更加令人震惊的是，被他俩重金收买的富翁的奴婢和仆人，在憋了这么久之后，到底没管住嘴，“稍稍出言其旧主死状”。原来那对奸夫淫妇是“以木器压其喉气闷而陨”，然后编好绳套套在脖子上，于房梁之上吊起，“于是知初断是狱者不之误矣”。但因为此案是钦定钦裁，皇帝金口玉言说那妇人没罪，纵使人们都知道富翁是被谋杀的，也再无翻案的可能。天网恢恢，终究有漏。

道光帝在此案中，显然是扮演了皇权干预司法，因而酿就错案的反面角色。但是封建专制的耐人寻味之处也在于此，皇权所特有的至高无上，有时也能在冤案中扮演“强势纠错”的正面角色。

道光三年（1823）的农历六月，山西榆次又发生了轰动朝野的“赵二姑案件”。赵二姑是一个农民家的 13 岁女孩，这一天爹娘去下地忙农活，她一个人在家待着，邻居财主家的儿子阎思虎趁机闯入，将她强奸。事后，赵家父女一封状纸告到县衙，由于县令吕锡龄收受了阎思虎的贿赂，判定双方是通奸而不是强奸。赵二姑虽然年纪小，但性情极其刚烈，当庭用剪刀刺穿了喉咙，气绝身亡。赵二姑的妈妈哀痛欲绝，也一头撞在府堂台阶上，满地鲜血。母女二人以命相搏的反抗，也没有唤醒吕锡龄的天良，他下令“维持原判”，把赵二姑的父亲赵添和赶出了县衙。

悲愤的赵添和只剩下一条路了：进京告御状。

3. 愤怒的皇帝

此前，也有类似事件发生。当时有个叫高扶格的人，强奸了一个11岁的女孩，这个事儿闹到北京，道光帝第一个想收拾的不是高扶格，而是文安县县令审理此案的。因为按照《大清律例》，强奸12岁以下的幼女，是斩立决的大罪，高扶格可没有郭玉驰那么幸运，他的脑袋肯定要搬家。真正令道光帝愤怒的是，事情发生了这么久，那个人渣怎么还活着！他下令军机大臣彻查此事，看看文安县县令拖延不办是不是收受了贿赂，如果是就一起砍了。调查结果是案子发生后，县令忙着扑灭蝗灾，才让高扶格那口气喘到现在，道光帝这才悻悻罢休。

可想而知，当道光帝得知赵二姑案件时，会是怎样的怒不可遏！《清通鉴》记载：道光帝以为，“外省民众赴京控告，虽不无逞刁讦讼之徒为之播弄者，然众多羸老穷嫠之人，背井离乡，跋涉饥寒，迢迢千里，必有冤屈……以此案之外，其他是非颠倒之案，又岂能以数计”？这个见识很明显比“上访者都是精神病”之流的观点要理性、人道得多。

他除了下令把阎思虎依法处死之外，还将办案不力的一众山西官员流放、降职。山西巡抚邱树棠这么一个“省级大员”，也因为没有亲自审理此案，也被革职查办。至于那个良心泯灭的县令吕锡龄，道光帝恨极了他，胆敢执法营私，致酿人命，“昏墨欺朦，情殊可恶”，将他发往伊犁充苦役去了。

道光帝也没有忘记赵二姑。这个惨遭凌辱又以死明志的姑娘，让他既痛心又钦佩。就维护皇朝统治的道德基础而言，这个13岁的农家女孩甚至比巡抚邱树棠更加坚贞可贵。《清实录》记载，道光帝下令，赵二姑“捐躯明志，洵属贞烈可嘉，著礼部照例旌表”。

一案以昏，一案以明，这是封建王朝人治大于法治的必然结果。今天的中国正在全面推进依法治国，加快建设社会主义法治国家——任何一个法治社会，其给国民带来的公平正义，在整体上都远远超过哪怕是最英明的专制社会，这是毋庸置疑的。

九、中国古代的《八墓村》故事

日本著名推理小说作家横沟正史写过一部非常有名的长篇小说——《八墓村》，其大致内容为：在鸟取县与冈山县交界处的深山里有一个破落村庄。380年前，一位将军率领战败的七个武士，用三匹马载了三千两黄金逃到这里，寻求村民的庇护，躲避敌人的追杀。村民们看他们可怜，便同意了，其实真实意图是贪图他们携带的黄金，于是趁着武士们不备发动突然袭击，将他们统统杀死。武士们临死前对村子下了诅咒：村民们降下的世世代代都遭遇横死的惩罚。村民们很害怕，将武士们埋葬在山丘后面，从此这个村子也便被称为“八墓村”……

《八墓村》这部小说充斥着诡异恐怖的氛围，尤其是想到横沟正史创作的由头竟是日本历史上赫赫有名的“津山事件”（1938年5月21日发生在津山市附近西加茂村的大屠杀惨案），更加令人不寒而栗。而在推理小说创作中，后来也有很多作品采取类似的模式，即为了私吞一群陷于困境、舍命相投的人的财产，先是假意收留施以援手，而最终将其杀害，若干年后，加害者或者其子孙遭报应，在连环杀人案中相继遇害……

鲜为人知的是，在中国的古代笔记中，也有不少这类“八墓村故事”，读起来能让人充分领略到人性中丑恶阴惨的一面。

1. 四万买命银，七个无头人

杭州有个名叫汤世坤的秀才，30多岁时在一户姓范的人家坐馆教书。一天晚上散了学，他在屋中独坐。时值冬月，汤世坤一向畏风，便将书斋的窗户尽行关闭。夜交三鼓，一灯荧然，屋子里十分寂静，汤世坤正在看书，忽然见窗户被推开，“有无头人跳入，随其后者六人，皆无头，其头悉用带挂腰间”。一看这景象，汤世坤差点儿被吓死，谁知更加可怖的一幕发生了，这七个无头人竟围住他，摘下挂在腰间的头颅，“各以头血滴之，涔涔冷湿”。汤世坤惊恐万状，连声音都发不出来，恰好书童进来倒尿盆，看到这幕景象，将盆中溺物泼向那些无头人，它们才一冲而散。再看汤世坤，已经倒在地上不省人事。主人闻讯匆匆赶来，“灌姜汤数瓯”，汤世坤才醒来。汤立即要求回家，主人唤来肩舆送他。汤世坤的家在城隍山脚下，肩舆抬着他快到家时，他突然大喊大叫要折回，舆夫们不知究竟，他说看到山坡上“夜中七断头鬼昂然高坐，似有相待之意”。没办法，舆夫们只好如他所请，抬他回到主人家中，“主人无奈何，仍延馆中”，汤世坤身热如焚，一病不起。

这家主人一向仁厚，便将汤世坤的夫人请来照料他，并延请名医治疗，但汤世坤实在病得太重，医药罔效，未三日而卒。正在其妻痛哭不已时，他又幽幽地苏醒过来，对妻子说：“我活不成了，所以复苏者，乃是冥府宽恩，让我来与你诀别。”说着便讲出一段在冥府遭遇的奇事：病重昏迷时，他见四个穿青衣的人用锁链拉着他，走入黄沙茫茫的阴界。他问自己犯了什么罪，青衣人说：“有人到冥府告发你了，要向你索命！”汤世坤愈发糊涂，问自己欠下何人命债？青衣便拿出一面有柄小镜，让他自行观照。他接过一照，发现镜中的自己“庞然魁梧，须长七八寸”，完全不是今生那个白面书生的清瘦面貌，猛然想起镜中呈现的乃是前世的自己，又回忆起自己前世所造之孽来。

原来，汤世坤的前世姓吴名锵，乃是明末娄县的知县。当时娄县有七个大盗，抢劫富户，得到 4 万两银子，将其埋在深山中的某个地方。不久，这 7 个大盗被捕，依律当斩。他们 7 个人一合计，不如用钱买命，便找到娄县典史许某，请他代向吴知县交涉。吴锵明知盗罪难逭，表示拒绝。许典史引用《左传》中“杀汝，璧将焉往”的掌故劝道：“先答应他们，等他们供出埋银的地点，再掘取其银而仍杀之！”吴锵心中起了贪欲，便同意了……而那七盗丢银丧命，自然冤气不散，到冥府申冤。阴官亦认为吴锵所作所为卑劣至极，才令青衣人将今世已为教书先生的他锁拿。汤世坤被带到阎罗殿，只见七鬼“头摇于腰间，狞恶殊甚，开口露牙，就近来咬我颈”，不禁拼命哀求，最终阴官只同意他稍回阳间跟妻子告别。

说完这些“前世今生”，汤世坤便不复开口，无言而卒了。

2．杀之璧焉往？投胎败汝家！

记载在《子不语》中的这则汤世坤的故事，很容易被后人认为是纯粹的一段鬼话，毕竟随园主人的这部书里充斥着荒诞不经的内容。但倘若换个角度，我们就能发现，排除掉断头七鬼、魂游阴间等内容，故事表现了我国古代牢狱中一些真实的“黑幕”。

中国古代牢狱的黑暗，绝不是一篇文章所能道尽的。在那暗无天日之所，一个囚徒的生死，完全掌控在从牢头、典狱到知县组成的罗网之中，真个是“阎王让你三更死，没人留你到五更”。在这种情况下，囚徒们的种种祈求活命之法，只能是“赌”，赌那些执掌自己命运的黑手能稍有人性，网开一面，但赌的结果却多半是输。这也就使得类似汤世坤的故事层出不穷，因而在古代笔记中十分常见。比如乾隆年间学者王槭所著的《秋灯丛话》中就记有这样的一件事：会稽有个姓唐的师爷，乾隆初年在一县作幕。当地有巨盗三人，抢掠无数，最终被捕。即将问斩的前夕，他们找到唐师爷“贿数千金求其援”。唐师爷纳之，却不伸援手，看着他们被斩杀，但毕竟心里有愧，于是辞归故里。一年后的一天，他偕友出游，本来好端端的，半路上突然变了神色，奔跑回家。随后，他藏匿室中，自己抽自己的耳光，骂道：“既诓我金，何毕我命？踪寻经年今始遇，将焉逃耶？！”说完跳起来把身体往地上砸，“顷复跃起，若有捽之者”，没过多久，他就七窍流血而死了。

《秋灯丛话》的成稿时间约在乾隆四十二年（1777）冬，早于《子不语》（《子不语》大约成书于乾隆五十三年），加之《秋灯丛话》当时流传不广，王槭的文名并不显，是以袁枚未必读过此书，不大可能存在从中“融梗”的问题。也就是说，生活在同一时期的两个文人写出相同类型的故事，说明此类案件在当时十分常见。

清末汪道鼎所著《坐花志果》中所记一事，则十有八九是从《子不语》中汤世坤事而来：“宣城有巨盗行劫久，金多而党众，营汛莫敢谁何。”朝廷被迫选派了一位“严厉有吏才”的官员来治理宣城，这位官员果然雷厉风行，履任还不到10天，即设法将巨盗捕获。巨盗以数万两银子行贿他，希望饶自己不死。家人劝官员不要拿这笔贿金，官员笑着引用

《左传》里的话说："杀之，璧将焉往？"遂纳其贿，然后仍然按律将巨盗诛杀。巨盗伏法的当晚，官署的守门人突然见那巨盗的鬼魂进入宅门，大吃一惊，"呵之不止，追之不及，入内室而灭"。天亮时，那官员的小妾生了一个儿子，长大后花天酒地，为非作歹，把父亲辛苦创下的家业败了个精光——"人咸知为盗之索债云"。

相比汤世坤的遭遇，应该说投胎败家要"人道"得多。这里需要解释的是"杀汝，璧将焉往"这句话的由来。文见《左传·哀公十七年》，讲的是卫庄公无道，戎州人攻打他，卫庄公逃到戎州已氏家里躲避，掏出一块玉璧说："只要你救了我的命，玉璧就是你的！"已氏说："杀了你，玉璧又能到哪里去？"遂杀之而取其璧。

还有些死囚，知道自己罪无可道，提前献出"其璧"，只为求个全尸，而竟依然得不到承诺者的践诺。清代学者朱海所著《妄妄录》中记，山东一个偷采人参者，被捕后依律被判处死刑。他临刑前找到刑部一位名叫杨七的狱卒，"以人参贿杨，又与三十金，嘱其缝头棺殓"。杨七一口答应下来。谁知等采参者被斩首后，杨七"竟负约，且记人血蘸馒头可医痨瘵，遂如法取血"——不仅背信弃义，而且丧心病狂！结果他刚刚抵家，就用两只手自扼其喉喊叫道："还我血！还我血！"顷刻喉断而死。

3．为灭冤杀罪，更灭诉冤人

事实上，司法者为了"取其璧"而害人的事情，直到民国依然常见。《洞灵小志》中写直隶总督府的幕僚王某，有一次旅居天津某旅馆，突见楼梯上站着两个“冥役”：一个持牌，一个拿着铁链，“状狰狞可怖”。王某大叫一声，不停地胡言乱语道：“某案东窗事发，你们五人都是案中人，不日都要前往阴曹地府对质！”家人知道他是中了邪或者鬼上身，禳解之、医治之，却都没有效果，只能眼睁睁看着他发狂死去。不久之后，王某的 4 个曾经在直隶总督府一起工作的同事也都先后暴死。人们了解之后才得知，原来王某在佐幕期间，仗着权势，在一起案件的审理过程中，与那 4 个人一起贪图利益，“有所倾害”，终于招致被害者投诉冥司，遭到酷报。

还有比“取其璧”更狠毒的害人动机，可称之为“灭其迹”。如《客窗笔记》便记载有江苏臬司（主管一省刑狱的按察使）遇到一起案件。沛县县民某甲与妻子吵架，离家出走。“会近地有一尸，被重伤，面目腐烂不甚可辨，衣履与甲极相似”。因为某甲之妻一向与邻居某乙有奸情，且广被县民所知，故人们都怀疑是其妻与某乙串通谋杀了亲夫。县令听说此事，将其妻与某乙拘押来，严刑审讯。虽然两个人极力否认，但“奸有证据，尸有相似”，两个人难以自明，且三木[①]之下，谁人能忍？只好被迫认罪。巡抚和臬司衙门审核之后，批准如律抵罪，将二人处死。

再说某甲，离家出走后在各地打工不归。一晃半年过去了，在徐州工所执役的时候，他听同伴说起发生在家乡的这一“杀夫大案”，不由得骇然失色：“我固在也，而妻论死”！他赶紧跑回家中，到县衙自首。县令一见他，吓得魂飞天外，知道自己杀错了人，犯下了大罪。无计可

① 三木即指刑具。一说为夹棍，另一说为加在颈、手、足三处的刑具。——编者注

施之下，县令带着某甲来到臬司衙门，“晋谒密陈”。臬司深知，此案一旦传扬出去，自己势必因为核准死刑失误而被朝廷问罪，于是让县令把某甲收入司监（按察司牢房）。当晚，某甲便不明不白地死在牢中，其妻与某乙的被冤杀自然也就不了了之。后来臬司因为在丁忧期间干涉一起重案而被处死，“家亦全破”，时人都说这是他活该受的“冤狱之报”！

志怪不可全信，有鬼皆为杜撰。报应一事，究竟有无，恐怕谁也说不清道不明。单口相声定场诗有云：“说书唱戏劝人方，三条大道走中央，善恶到头终有报，人间正道是沧桑。”古代笔记中凡是讲报应者，当与此定场诗同视——但善恶到头的“头”到底在哪里？真正的恶人又究竟怕不怕“报”？恐怕也都没有答案。古人费尽心血写出的劝世良言，说到底无非是希望在作恶者的鞋里撒几粒沙子，指望在他们巧取豪夺之后，万一将来生个病、闹个灾的，难免会往报应上琢磨，稍有不安……这么一想，善良者既是真善良，更是真无奈。

第四章
悬疑派：无可匹敌的惊天大逆转

一、“神断”真相：一则笔记中的五桩奇案

“断案如神”大概和“清廉如水”一样，是我国古代对一位官员的最高评价。不过对于百姓而言，前者明显比后者更值得称颂，大概是因为当官的不够清廉，祸害的主要是“公款”；而不会断案，那倒霉的可直接就是老百姓了。因此，在民间的戏曲和传说中，知名度最高的官员往往都是包拯、狄仁杰、况钟、施世纶这样以断案而闻名的角色，只不过他们断案的方法因人而异，千奇百怪：有的靠鬼神托梦，有的靠逻辑推理，有的靠勘察走访，有的靠讯问有术。明代著名笔记《涌幢小品》里，有一则“神断”就讲述了好几个断案如神的故事，读起来不仅有趣，还发人深思。

1. 一封信露出“狐狸尾巴”

《涌幢小品》的作者，在古代笔记的作者中可谓数一数二的大官：朱国桢，万历十七年（1589）进士，天启年间当过朝廷首辅，相当于宰相。后因为跟魏忠贤的阉党过不去，被迫辞官归田，终老于家。由于身份的关系，他可以看到很多皇家档案史料，所以把《涌幢小品》写成了一部内容赡备、包罗宏富的“明朝社会小百科全书”。《四库全书总目》评价其“在明季说部之中，犹为质实”，是恰如其分的。

《神断》便是其中的一则，一共包含了五个真实的破案故事。

第一个故事可以简称为“笔迹”。

柳州有个名叫钟钮的人，有一天接到叔父的来信，说是请他携带金银来自己家里一趟，做一桩生意。谁知钟钮一去不回，杳无音讯。其妻焦急之下，去钟钮的叔父家要人，但见家门紧闭，撞开后空空如也。其妻赶紧报官，官府派人寻访良久，也找不到钟钮和其叔父的任何踪迹。

就在这时，新任南宁道伍典上任了。他接下钟钮之妻的状纸，把随着状纸一起呈上的钟钮叔父写的那封信看了又看，“方思为之计，神忽见梦”。梦里面有个人告诉伍典，“谓事当起于僧人”。伍典醒来，便在府治之下的白石山专门辟出一个地方，作为僧堂，招揽当地所有的和尚来此抄写佛经，然后呈给伍典看。很快伍典就发现，有一纸经书上的字迹，与钟钮叔父的那封信上的字迹高度相似。伍典立刻找来抄写这纸经书的和尚，与之攀谈，旁敲侧击地询问他是什么时候剃发为僧的。和尚虽然支支吾吾，最终还是说出了出家的时间，恰好与钟钮失踪的时间相吻合。这时钟钮家里的仆人也来了，一眼就认出了钟钮的叔父——正是与伍典对谈的和尚！

原来，钟钮的叔父好吃懒做，又贪图钱财，写那封信招侄儿携带金银来做生意，纯粹是为了引他上钩。钟钮在半路上，走到一处草长林密的地方，就被其叔父勾结贼人一刀砍死。然后其叔父躲进寺庙，出家为僧，本来想等风声过去了，再还俗享受那些染血的金银，谁知斋饭还没吃上几口，就落入了法网！

这一案件的破获，看似是钟钮的冤魂托梦给伍典，才揭发了真凶。其实从案件审理的前后经过来看，一点儿都不神秘。古代中国本来就交通不便，广西又多是深山老林，一个人犯下罪案，没有官方颁发的路引（路引是明清时期的一种通行证，如果一个人要外出去远处办事，必须随身携带，供官府随时查验），不可能逃离本土很远，加之钟钮的叔父好吃懒做，绝无逃进深山做野人的吃苦精神。从他写信来看，粗通文墨在那时又比较少见，可以说具备一定文化基础。这样的人若是杀了人，势必要找一个“结庐在人境，而无车马喧”，且三餐可保，靠着有点文化还能混得不错的地方躲起来，那么首选必然是寺院。而在那个年代，不可能把照片和指纹作为排查嫌犯的方式，用笔迹做同一认定是非常高明的。至于托梦之类的，只能是伍典为了塑造自己断案如神的形象编造出来的，无凭无据、无法验证，姑妄听之，却不可贸然信之。

2. 令人毛骨悚然的“鬼招手”

陈琰曾经在云南当官，他上任不久，每天走出官署，都要凝视着东边一户人家的烟囱。衙役们都觉得莫名其妙，不知道那黑漆漆的烟囱有什么值得鉴赏之处，以至于满城的百姓都风传陈琰有怪癖。有一天，陈琰突然召集这户人家来府衙喝茶，与此同时又派兵封锁了后堂，形成了实际上的软禁。与此同时，早已刀枪齐备的官兵冲进了那户人家，细细搜查，一根头发丝也不放过，终于在一个文书匣子里，发现了江西一位客商的路引。

陈琰将后堂里那户人家的家长提出来，把路引甩给他说：“这个客商的路引怎么会在你家里？该不会是他到你家投宿，你贪图人家的货物，将他杀害了吧！”受审者一时连叫冤枉，陈琰冷笑道：“冤枉？我每天走出官署，为什么总见到有个人站在你家的烟囱上向我招手？！”

不要说受审者，就连两边公堂上的衙役们听闻此言，都大惊失色，起了一身鸡皮疙瘩。受审者当即像一摊烂泥似的倒在地上，嘴里喃喃地说："冤魂，真的是冤魂，没想到他竟日日爬上烟囱向大人申冤……我认罪了，那个江西人的尸体，就埋在我家灶台下。"

"众惊以为神"！陈琰自此案后，名声大噪，后来升为陕西布政使。但是我们都知道，姑且不论人死后有没有灵魂，就算是真的化作鬼魂，也有很多申冤方式，至少托梦就比天天爬烟囱更方便，也更容易把事情说清楚。所以，笔者认为陈琰纯粹是在装神弄鬼，更大的可能性是他接到那户人家某个窥知真相的奴仆密报，知道主人在某天晚上杀了一个投宿的旅客，却不知道尸体埋在哪里。就算是缉捕正凶，如果对方咬紧牙关拒不承认——比如耍赖说那路引是捡的，等失主认领，也对其无计可施。所以陈琰演出了这么一场戏，先每天看那烟囱，引得舆论做各种猜想，再在审案中突然抛出"鬼招手"，就算罪犯的心理抗压能力再强，听罢也会心惊肉跳，当即认罪。

相较之下，第三个故事中的余一龙虽然也被"邑称神明"，但其破案手段则要实在得多。余一龙是江山县县令，有一天外出经过墓地，见一个正在给丈夫上坟的女子哭。但明显哭声虚假，一个看上去泼皮无赖似的男子笑嘻嘻地站在附近。余一龙将两人一起招来询问，女子说那男子是丈夫生前好友，陪她一起来上坟。余一龙找来邻里打听，大家都说这女子一直淫乱放荡，她的丈夫不久前突然暴毙，死因不明。余一龙将女子收押在监，"阴语狱卒，来视妇者告我"。很快狱卒就来报告，说先前墓地见过的那个男子天天都来牢里探望女子，两人窃窃私语，不知密谋些什么。余一龙立刻将男子抓来，"执讯之，吐实"。

这个故事可以命名为"哭坟"。看似告破了一桩谋杀亲夫的案子，不过如果读者有一定的质疑精神，就会发现，余一龙对这个案件的推理过程并不严密。寡妇在墓地哭泣，声音并不悲哀，以及情夫连续探监，都与谋杀亲夫没有必然联系。甚至可以说，就算这寡妇一直与人有奸，也不代表她丈夫的猝死就一定是她和奸夫造成的。“执讯之”三个字的背后，不知道是否有刑讯，如果有，这件案子就存在冤假错案的可能。

3. 从天而降的“无头尸”

第四和第五两则故事，都可以说是“轻推理”的典范。

先来看看“血刀”这个故事。睢州北城突然发生了一起凶杀案，凶手迅速逃离现场，巡逻的士卒寻找他的踪迹，却遍寻不着。知县成宰遂下令封闭了城门，带领一众捕快巡街。这时，忽然看到对面一群骑马的人过来，马上拦下检查。捕快们从一个人马背搭着的卧褥下，发现了一把鲜血淋漓的尖刀。成宰问他：“你的刀上怎么会有血呢？”那人答道：“刚刚宰过猪。”成宰大笑道：“假如是宰猪刀，随便挂着就是了，为什么在卧褥里裹得这么严实，怕人看到吗？”那人一下子傻了眼，支吾了半天都没有解释出个所以然来，只好承认是自己杀的人。

下面，再来听听“无头尸”这个故事。虞城县有个叫祝如川的，家中很有钱，有一天，他家里的厅堂上，突然出现了一具无头的干尸，仿佛从天而降。全家人吓坏了，不知道这是什么灾祸的征兆，胆小的女眷竟然哭了起来。虞城县令顾承显听说了，带人迅速赶到祝如川家，他仔细地勘查现场之后，微笑着安慰一家人道：“我仔细看过刀口，这具尸体不是被人斩首杀死的，而是死了很久之后用刀割下头颅的。将这样一具尸体扔在你家厅堂里，纯粹是一种恐吓行为，想让你家蒙上晦气，家道败落。外人不了解你家的布局，不可能那么顺利地将尸体带进来并放在厅堂上，所以，这一定是内部人做的好事，而且很像是对主人怀恨在心又不敢明着报复的宵小之徒所为。”说着，他一边逐个审讯奴仆，一边派人到郊野寻找有没有新坟。果然，在一座新坟里，发现了和那具干尸的脖子切口吻合的人头。而对仆人的审讯也有了结果：一个家伙承认是自己被主人教训，怀恨在心，所以从坟地里找了具干尸，割下脑袋，把尸体装进袋子里，扛回家扔于庭院。

五个案件，五种断案方法，都颇有代表性。“笔迹”看似是“鬼托梦”，其实是一个比较典型的根据物证捕捉凶手的案例；“哭坟”是通过对嫌疑人的社会关系进行调查而发现真相的案例；“血刀”是在审讯中迅速捕捉到嫌疑人言辞中的逻辑漏洞，一举拿下的案例；“无头尸”是通过对伤口的鉴定和对犯罪现场的勘查，推理出死尸的由来并分析出行事者心理特征的成功范例；“鬼招手”看似最诡异、最具神秘色彩，但其实最无趣，无非是一个已经得知部分真相，为了搞清全部真相而装神弄鬼的故事。不过陈琰在适当的时机抛出最具惊悚性的“鬼事”，攻破了犯罪嫌疑人的防线，这种心理战术还是值得一赞的。只是除此之外，读者应该别有所悟：看起来最玄的事情，往往真相最简单，也最没有技术含量。世间的事，概莫能外。

二、中国古代那些多端的“诡迹”

在犯罪现场勘查中，各类“痕迹”毫无疑问是非常有价值的。因为它们不仅显示了犯罪过程，还表明了作案工具，甚至直接暴露了罪犯特征，对警方侦破案件可以起到无法估量的作用。在我国古代，虽然科学不发达，对“痕迹”只有很表面、很粗浅的认识，但是负责刑案调查的“提刑官”还是能通过它们发现凶犯的狐狸尾巴，从而将其绳之以法。也许正是因此，在古代笔记里，“痕迹”总是与犯罪或血案紧密联系，甚至让笔者形成了这样一种经验：只要一则笔记中提到痕迹，多半会跟随着一个案件——甚至是古怪离奇的诡案。

1. 清风堂上的“尸迹”

旧日读过一则“细思恐极”的古代笔记，迄今印象颇深：这就是元代学者陶宗仪在《南村辍耕录》一书中，曾经记载过的一则“清风堂尸迹”。

福州的郑丞相府里有一间“清风堂”，清风堂的石阶上依稀可见一具卧尸的痕迹，“天阴雨时，迹尤显”。据陶宗仪的考证，这一尸迹的成因还要追溯到南宋年间。所谓郑丞相府，是宋理宗时代的权臣郑性之的府邸。郑性之是朱熹的弟子，在理学上颇有造诣，可惜人品不佳。郑性之年轻时，家里很穷，“闽俗腊日祀灶”，他买不起祀灶用的东西，就跑到巷子口的屠夫家里借一块肉。刚好当时屠夫不在家，屠夫之妻好心眼，便借给了他。等到屠夫回来，听说了这件事，十分生气，冲进郑性之家里就把肉抢了回来。郑性之只好画了一匹马，题了一首诗“焚以送灶”，诗曰：“一匹乌骓一只鞭，送君骑去上青天。玉皇若问人间事，为道文章不值钱。”

宋宁宗嘉定元年（1208），郑性之考取进士第一，自此官运亨通，自然要回家炫耀一番，“昼锦归第，气势烜赫”，谁知那个屠夫不买账，斜着眼轻蔑地说：“哟，借肉的郑秀才回来了！”郑性之听了勃然大怒，居然让手下将屠夫抓起来，“数其罪，缚杀之”。

实在是不能理解，就因为当年讨还了一块肉，以及没有好好配合夸官大戏，郑性之就要置屠夫于死地，还能数出人家的“罪”来……这理学大概是学到狗肚子里去了。可这号人偏偏就能得势，在宋理宗年间一直当到副丞相，并在豪奢的官邸内修建了清风堂——不过，这豪宅的来路不正，“侵渔百姓，至夺其屋庐以广居宅”，甚至连宅基地都是抢来的。有些失去土地的老百姓上门讲理，哪能讲得过理学名臣，“有被逼抑者，遂自杀于此”，在清风堂的台阶上留下了抹不掉的尸迹。

还有一种尸迹，说来更加凄恻。宋高宗建炎四年（1130）五月，御营前军将杨勍发动叛乱，乱军路过小常村，见一妇人年轻貌美，便将她劫掠到军营里，想强奸之。“妇人毅然誓死不受污，遂遇害，横尸道旁”。等乱军退去，村民们为这妇人收尸，“其尸枕藉处痕迹隐然不灭”。尤其令人奇怪的是，这尸迹碰上下雨就自动泛干，遇到晴天就发湿，总之无时无刻不显露出一个宛如人影般的痕迹，“往来者莫不嗟异”。有些人觉得尸迹不祥，或者想用铲子铲去，或者想用土埋掉，却统统无用。

在陶宗仪看来，清风堂尸迹和小常村尸迹有着明显的不同，盖后者是“英烈之气不泯如此”，而前者是“冤抑之志不得伸”。但二者也有相同之处，都是“幽愤所积结致”。

2．乞丐脸上的“掌迹”

与尸迹的可悲可悯相比，有一种“掌迹”却显得可笑。清代笔记《小豆棚》曾记载过湖州有一乞丐，“形躯长大而凶恶，面颊上天生一手掌痕”。有知情者说，这乞丐姓聂，其父原来是刑曹员外，曾经因为家里的仆人犯了过失，狠狠一巴掌扇过去，仆人倒地时脑袋撞在硬物上死了。后来这员外的老婆生孩子时，见仆人的鬼魂飘进门来，“妻即生一子，掌痕宛然在面”，而这孩子长大后，“日以杀父为事”。不久，聂员外愁病而死，儿子也倾家荡产，做了乞丐。这则笔记讲的是因果报应，细想也有可笑之处，那个被掌掴而死的奴仆，转世报仇的方式却是败家为丐，颇为命苦。

同样是报仇，宋代笔记《墨庄漫录》中的一则故事则比较“正统”。崔公度被朝廷任命为宣州太守，坐船赴任，夜晚忽然见到江上有一舟，“相随而行，寂然无声”。崔公度一开始没当回事，等自己坐的船进了港口，才发现那艘一直跟在自己后面的小舟，也“得港而泊”。崔公度怕是欲行抢掠的水贼，赶紧派人查看，发现竟是一条空船，而船上有血痕。经过仔细的搜索，他发现船的尾部绑着“皂绛一条”，里面包着一纸文字，呈交崔公度查看，原来“乃雇舟契也”。上面写着船家的姓名，雇主的姓名、时间、地点以及费用。崔公度立刻派巡尉展开缉捕，“尽获其人”。原来是船主看见雇船的商人带了不少金银财宝，所以半路杀之，抛尸江中，“取其物而弃其舟”，谁知那条空船和船上的血痕，还是没能让他逃脱法律的惩罚。

一条发生过命案的空舟，竟然一路跟随太守的行船并引起注意，最终将凶犯明正典刑，这到底是水流的自然驱动，还是冥冥之中的必然呢，至今无人可解。从某种意义上说，一个不信天理循环、因果报应的社会，更让人没有安全感，所以古人宁愿把一些纯属巧合的事寄托于鬼神，以求在心理上对恶人“施压”吧。

清代学者范兴荣在笔记《啖影集》中讲过他的家乡发生过的一件诡案：“予乡凤鸣山关帝庙，铜铸单刀赴会像，赫声濯灵，感应如响”。但到了嘉庆三年（1798）时，竟闹起了大饥荒，一些亡命之徒就打起了抢劫杀人的主意：有个叫刘小黑的人在当地是臭名昭著，他觉得既然要做匪，就得有个好兵器，临时打造怕来不及，便想起了关帝庙里的那柄铜铸青龙偃月刀。于是深更半夜摸进关帝庙，把大刀从“关公”手里取了出来，扛在肩上。谁知刚刚走出庙门，不知怎么的右腕突然被斩断，疼得他一声惨叫，“掷刀于阶，血流不已”。庙里的和尚们闻声出来，一边给刘小黑包扎一边问发生了什么事？刘小黑说，他刚刚走出庙门，就听见身后有人大喝，回头一看，竟是周仓[①]赶到，“夺刀劈落手腕”……刘小黑伤得太重，“数日旋毙”，而刀上的斑斑血痕，向往来的香客佐证着那一晚的神迹。

不过在笔者看来，这件事情十之八九是刘小黑偷刀时被众僧发现，打斗中他的手腕被砍断。和尚们一琢磨，反正这贼也活不成了，不如编造一个周仓显灵护大刀的故事。一来让更多信奉关二爷的人来庙里祭拜，多收几个香火钱；二来也杜绝了乱世中其他匪人入寺抢劫的念想。

① 历史小说《三国演义》中的人物，以关羽护卫的形象出现、对关羽忠心不二。在民间的一些关帝庙中，周仓的神像供奉在关羽神像右侧。——编者注

3．状如妇婴的“血迹”

另外，明代公安派散文家江盈科在《雪涛阁集》里，写过一个发生在万历三年（1575）和血迹有关的大案。

常德有两个书生，一个名叫王嘉宾，另一个名叫杨应龙，欠了一位叫邹文鉴的书生300两银子，怎么都还不上。因此，他们就约邹文鉴一起去郊外旅游，到了僻静无人的旷野，突下杀手，用石头猛砸他的头颅。邹文鉴在搏斗中差点把王嘉宾的两根手指咬断，鲜血溅了王嘉宾一身，“腰以下如雨痕”。等杀死邹文鉴之后，两个凶手弃尸荒野，回家去了。

邹文鉴的尸体被发现后，常德知府叶应春、同知王用汲下令缉捕凶手，但没有丝毫发现。不久后的一天，王嘉宾到王用汲那里请求免除一项劳役，王用汲不允，王嘉宾竟“辄从公手中夺笔”，想把自己的名字从劳役的名单上抹去。这时，细心的王用汲突然“视其二指皆啮几断”，正好一阵风吹起王嘉宾的外衣，里面的衣衫虽然洗过，但“血痕点点然碧”。王用汲想起此人与邹文鉴一向有来往，顿时起了疑心，问道：“你的手指是被谁咬断的？衣服上的血又是谁的？”王嘉宾仓促之下，连忙遮掩道：“说来惭愧，这是我跟夫人打架时被她咬的，血喷溅出来染了许多在衣服上。”王用汲点点头，遂请他去别馆等候。

稳住王嘉宾后，王用汲马上派人去他家里，找到其妻说：“你丈夫去衙门把你告了，说你咬断了他的手指。”其妻大声喊冤，说是某一天王嘉宾、杨应龙和邹文鉴在城东一个娼妓家吃酒，喝多了撕掳起来，那娼妓咬了王嘉宾一口。王用汲算了一下日子，恰是邹文鉴遇害的那天，便将那娼妓捉了来。娼妓供述，那天三位书生确实来自己家吃酒，但席间并无打斗，更不存在自己咬王嘉宾的情况。三个人酒足饭饱后离开，直到暮色降临时，才见王嘉宾和杨应龙两个人回来，王嘉宾的手指用布包扎着，衣服的下摆都是血，问他是怎么弄的，但他却不说……

王用汲一下子就明白了。他迅速逮捕了杨应龙，对他和王嘉宾展开突审，二人很快就承认了罪行。

邹文鉴之血“点点然碧”，很容易让人想起“苌弘化碧”的典故。明代笔记《五杂组》中说：“晋司马睿斩令史淳于伯，血逆流上柱二丈三尺，齐杀斛律光，其血在地，去之不灭，此冤气也，苌弘血化为碧，亦是类耳。相传清风岭及永新城妇人血痕，至今犹存。”清风岭的典故是指死于元至元十四年（1277）的王氏，她被元兵劫掠后，不甘被辱，趁着看守不注意，咬指出血，题诗山石以表贞节，然后跳崖自杀。永新城妇人之事则载于《宋稗类钞》，还是元至元十四年之事。当时元兵攻破吉州，要奸污一个姓赵的女人，那女子性情刚烈，奋起反抗，结果她和她的孩子都被杀害，“血渍于殿两楹之间，入砖为妇人与婴儿状，久而宛然如新，磨以沙石不灭”。

元朝至元年号有两个，其中第一个是元世祖忽必烈的年号，一共用了 31 年，以至于他被称为“至元大帝”。不知道这位在影视、小说中因盖世武功被不断神话的“大帝”可否知道，就在他穷兵黩武一统天下的年代，有多少妇孺惨死在元军的屠刀之下？当然这些“小事”往往为正史所忽略，即便是写入笔记，也多半供后人猎奇之阅。那些沙石抹不掉、泥土埋不掉的尸迹，随着时间的流逝，终有一天，会被人们忘掉。

三、黑旋风为什么能指引凶案现场

本篇所说的“黑旋风”并不是指梁山好汉李逵，而是在古代笔记中经常出现的一种特殊的现象——当某个青天大老爷到某个地方上任或巡查时，半路上好端端的突然遇到一阵黑旋风或旋风。如果跟着走上去，就能在旋风消失的地方发现一具朽烂已久的尸骨，然后只要顺藤摸瓜，便能破获多年未解的悬案，将逍遥法外的真凶加以缉拿……这事听起来怎么都像是杜撰出来的灵异故事，但其实还真的有一定的科学道理。

1．沁州奇案：一团黑旋风

“黑旋风”在我国古代的公案小说中是十分常见的模式，当然依据具体的案情，不同的小说在表述方式上也略有不同。

比如《包公案》第六回《判妒妇杀子之冤》中，包公访察某地，“下马升厅，正坐之间，忽然阶前一道黑气冲天，须臾不见天日。晡时虽散，仍乃不大明朗，包公心甚疑其必有冤枉”。从而追查，最终破案。同书第六十九回《旋风鬼来证冤枉》中，包公遇到一起案件时，寻访不到关键证据——尸体，这时“忽案前一阵狂风过处，那阵风：拔木飞沙神鬼哭，冤魂灵气逐而来”。包拯见风起得怪异，便喝道：“若是冤枉，可随引公牌而去。”那阵风遂围着包拯的座椅绕了三圈，然后出了衙门，包拯让张龙、赵虎“即随风出城二十里”。旋风进了一个瓦窑里，消失不见。“张龙、赵虎随后进窑中看时，见芦草遮着一男子尸身，面色尚未变”，赶紧回来向包拯报告，最终迫使凶手认罪伏法。

这种模式在古代笔记中也经常出现，最典型的一例当属清代慵讷居士所著《咫闻录》中记叙的“沁州奇案”。

有位新任沁州牧在上任的路上，于驿廨休息。这天晚上月明如昼，“花荫之下，隐约似有人影，倏有倏无，突至室中，几下有冷风起”。沁州牧以为是这间屋子里很少住人，猫窜鼠逃引起的，便不以为意。第二天鸡鸣晓发，刚一出门，“便见有黑旋风一团，在马前卷土而行”。走了几天，每天都是如此。直到进了沁州境内，在一个十字路口，沁州牧的车马要往东南方向走，而黑旋风则往西北方向去，沁州牧立时感到惊异。待到办完接任的手续，有一个名叫王安的人来告状，说是自己的外甥在其叔叔家失踪，生死不明。钦州牧打听了一下，才知道孩子的失踪地点正位于那个十字路口往西北的方向，恍然拍案曰：“是也，前之所见黑旋风，即此案之冤气也。”

于是沁州牧仔细向王安了解了案件的经过。原来，王安的姐姐嫁给了一个姓李的，生了个儿子名叫李寿。李寿 5 岁那年，父母都因病故去，他的叔父李三便将他收养，但这个李三有些痴呆。王安在乡里开私塾，不忍心让外甥耽误了学业，便让他跟着自己读书。新年的时候，李寿前来拜年，王安告诉他年后开馆的时间，让他按时上学。没想到那一天却没见李寿来，便登门去问。李三含含糊糊地只说李寿病了，病好了便去上学，可结果过了一个多月，李寿还是没有出现。王安非常挂念外甥，硬闯进李三的家里寻找，全不见李寿的踪影。王安追问外甥的下落，李三支支吾吾，说不出个所以然。王安疑窦丛生，于是讼之于官。

沁州牧带了吏役来到李三的家，仔细搜索李宅，挖地三尺，却不见李寿的踪迹。正在犯难时，黑风又旋转于地。沁州牧说："尔有冤，领我去。"黑风即先旋行，至一土丘而没。这时天上正在下雪，沁州牧令吏役动手挖掘。"尺余，见一尸身，头已伤，肉未腐"，王安一看正是外甥，不禁号啕大哭。沁州牧将他和案件相关人等一起带回衙门仔细查问，终于弄清了这起案件的真相。

原来，李寿的婶婶和村里一个巫师勾搭成奸，过年时相会恰被李寿撞见。婶婶"自思秽行已露，倘或寿吐其风，将何以复立人世"？便与巫医"将寿用蓝布蒙首，以铁秤锤击死"，然后蒙骗李三说是孩子中了邪，为他驱鬼治病时发生了意外，致其死亡。李三本来头脑就不好，对老婆又言听计从，便将侄子埋了。谁知李寿的冤魂化作黑旋风，向沁州牧申诉，才终于为自己洗雪了冤屈。

2．吴八杀人：风落梧桐叶

在古代笔记中，一团飘动的黑色往往象征着鬼魂。比如《妄妄录》中记载，有个人从军，参加了剿灭王伦起义的军事行动——这个王伦不是水泊梁山上的头领，而是乾隆年间在山东临清领导农民起义的领袖——因为立下了很多战功，被授予济东观察的身份，旋即升为监运使。一天他去临清办公，"忽见黑气数百团，隐若焦头烂额鬼，啼泣而前"，他被吓得魂飞魄散，回到家就病倒了，没多久就病死了，想来是"临清经大炮轰城，凶悖之魄聚而为妖厉耶？抑玉石俱焚，良民冤魂不散耶？"总之，这影射了官军在镇压起义时所用手段的残暴。

至于黑色的旋风，那就更是鬼魂的凭证了。《夜谭随录》记有一个名叫锡谷斋的人到亲戚家做客之事。恰好这家请的塾师刚刚死去，这一晚正是回煞之夜，亲戚很讨厌避煞之类的规矩，没有做任何防设，所以锡谷斋也不知道有这件事。第二天黎明，锡谷斋起得很早，就在书房中暂坐。“馆僮入取茶，谷斋独坐炕头吸烟，忽见一黑物，如乱发一团，去地尺余，旋转不已，渐近衣袂”。锡谷斋有些害怕，仔细看了半天，不辨是何物，却见那黑色之物“初大如升，渐如碗，如杯，滚入炕洞中，一半在外，犹转不已，久之始没”。锡谷斋目瞪口呆，馆僮取茶回来，看到他那副呆若木鸡的样子，问他是怎么回事，他“结舌不能对”。过了半天才问馆僮家中最近是否有什么怪事。馆僮也说不清，这时主人闻讯过来，听完才感慨道，看来回煞之事，还真不能不信，然后告以塾师之死，主客二人“共相叹惋，疑团始释”。

而在各种笔记中，“色泽正常”的异风，倘若弥漫天地，往往是不祥之兆；但如果围绕着官员乱刮，那么八成是冤魂告状。《虞初广志》写康熙五十九年（1720）出任无锡知县的张璨下乡去山间巡防时，一阵风突然摇动他的轿子。他下了轿子，追随着那风来到山林的深处，“风如故，左右落梧叶”。张璨马上让捕快抓一个叫吴八的人来，捕快一头雾水，问吴八是谁，住在哪里。张璨说：“我初来乍到，哪里清楚这些，你尽管去找。”捕快找了三天，路过一个屠宰场时，听见一个人向那屠夫骂骂咧咧道：“你连切肉都切不整齐，难道还要我吴八亲自上手吗？”捕快大吃一惊，立刻将那人锁拿，按照张璨的指示，将其押到山间那棵梧桐树下。张璨径直说：“你的案子发了，要是现在认罪，我可以不用刑。”吴八坚决不认罪，用刑也不认。张璨便让人砍倒梧桐树，吴八一听脸色大变。梧桐树被砍倒后，并无异状，捕快们正觉得莫名其妙，张璨让他们再往下掘地五尺，“得女尸，颈有伤而面如生”。吴八战栗不已，遂终于认罪。原来13年前，临邑有对夫妇来无锡行乞，吴八见那妇人貌美，便将她的丈夫赶走，然后想要强奸那妇人，见她宁死不从，一怒之下便将她杀死后埋尸，并在上面种了一棵梧桐树。由于张璨被风引到树下，见“叶左右落如‘八’字”，便想到冤魂要揭发的杀人凶手必定叫“吴八”。

张璨为官政声颇为不错，但是对他这起断案，我却很不以为然。倘若凭借梧桐树下的“八”字形落叶就能锁定真凶，那随便找个测字先生都能当上刑侦专家了，还要那么多栉风沐雨的走访调查做什么呢？

3. 旋风破案：上坟穿红袴

那么，指引古代的各位“青天”们发现埋尸的“黑旋风”到底是什么？其实，在一些并没有那么故弄玄虚的笔记里，早已给出了答案。

比如许奉恩的《里乘》中写的安徽潜山县县令倪廷谟一事。有一年，倪廷谟下乡办事，忽然有一大群嗡嗡飞舞如黑色旋风般的苍蝇“成群飞缭舆前，左右挥之不去”。倪廷谟想：“得勿冤鬼作祟邪”？便带着下属跟了上去，忽“见一坟新筑，湿土未燥，群蝇栖集”。他把地保叫来一问，“始知为某甲新冢”。倪廷谟经过仔细的盘问和开棺验尸，最终破获了一起因奸杀人案，而凶手正是某甲的妻子和他的表兄。

由此可见，所谓的“黑旋风”，其实就是在死亡事件发生后，嗅到尸体气味而盘旋其上的蝇群。正是它们在野地或丛林的攒聚和飞舞，使有经验的官员意识到附近可能有遗弃或埋得比较浅的尸体。从这个角度上讲，说是“冤魂诉冤”也无大过，毕竟是死者用自己的身体最后一次向世界发出了“我在这里”的呐喊。而按照我国民间对有才能的官员总喜欢“叱以为神”的传统，必然会添油加醋，把一切归咎于冤魂，但冤魂委附于蝇群，又未免尴尬，便干脆演义成“旋风”或“黑旋风”了。

我国古代就已经认识到苍蝇和蛆虫与尸体腐烂现象之间的关系，比如南宋著名法医学家宋慈在大名鼎鼎的《洗冤集录》中就提道：“暑月，九窍内未有蛆虫，却于太阳穴、发际内、两胁、腹内先有蛆出，必此处有损。”“尸经三日，口鼻内汁流蛆出，遍身肿胀，口唇翻，皮肤脱烂，疱疹起”。而现代法医研究也证明，蝇的嗅觉特别灵敏，它们能在500—1000米的地方嗅到尸体所散发出的特殊气味。人如果在户外死亡的话，只要10分钟以后，各种麻蝇和绿蝇就会在死者的口腔、耳朵和鼻孔里产下成千上万只卵。这些虫卵在30℃以下经过8—14个小时即可孵化成蛆，进而吃食尸体的软组织……因此，法医昆虫学家通过对尸体上昆虫种属的鉴别及幼虫生长发育阶段的确定，结合其生物学特征及局部环境温度等情况，就可以比较准确地推断出尸体死亡时间，从而为案件的破获打下坚实的物证基础。

不过，要说发生在现实中的“旋风破案”，还真有这么一起。事见清代魏息园的《不用刑审判书》。阜宁县令梁公有一天去山阳县办事，从轿子里远远看见一位少妇，“缟衣麻裙，持纸锭，踽踽独行，疑为新丧者”。就在这时，“忽旋风卷起其裙，中露红袴”，梁公感到很惊讶，哪里有上坟的女人穿条红裤子的？于是让轿子“缓行随之”。走了约莫一里地，来到一座新坟前，这少妇一边烧纸一边哭，但“哭而不哀”，这时又是一阵旋风，将剩下的纸钱吹得四散纷飞，少妇惶恐不安，跪在地上不停地磕头。梁公知道她心里有鬼，就让吏役密访其姓名、村落，死者为妇何人、死何日、殁何病……经过一番曲折的走访调查，终于将一起因奸杀夫案大白于天下。

事实证明，不管是“假旋风”还是“真旋风”，破案的始终是独具慧眼的人，而不是能辨阴阳的鬼神。

四、一缕花白胡须与“无面尸奇案”

在推理小说中，“无面尸”（脸部腐烂或被刻意毁坏的尸体）的出现，往往意味着死者的身份可疑。比如凶手杀人后，将死者毁容，然后给尸体换上自己的衣服，让所有人都以为死者就是凶手本人。这样隐姓埋名、逃之夭夭的凶手就可以从此逍遥法外。真实的刑事案件中，凶手给尸体毁容往往意味着想隐瞒死者的身份，以防警方据此找到和自己相关的线索，顺藤摸瓜找上门来。有兴趣的朋友可以了解一下“鹤岗‘1·28’特大武装杀人抢劫案”，其中就有这样的情节。

然而发生在清代吴桥的一起“无面尸案件”，相较起来却很特殊。

记载这一案件经过的《客窗闲话》，是清代学者吴炽昌撰写的一部古代笔记。吴炽昌少时即有才名，可惜科举多次，屡试不中，贫困交加，潦倒不堪，只能靠给人做幕客为生，因而笔下别有一股愤懑不平之气。《客窗闲话》虽然也有借鬼神隐喻人间黑暗的内容，但总的来说“鬼事少而人事多”，个别篇章对当时的社会情状有极其真实的写照，“吴桥案”即是一例。

1. 一个出轨的女人

现如今，一说起“吴桥”二字，大家脑海中浮现出的第一个词大概都是“杂技”。但鲜为人知的是，吴桥县在清代也是有名的布市，“居是地者，半以贸布为业”，可见其市场之兴旺。不过布商也分档次，上等的自然是临街开店，中等的固定铺位，下等的走街串巷。有个名叫张乙的就是下等的“肩贩”。为了生活，他经常跟同伴一起，背着布出远门售卖，“出或两三月一归”，十分辛苦。

张乙的父亲去世得早，“家仅老母，为之娶妇李氏”。李氏“娇而荡”，但张乙是个年方二十出头的小伙子，所以“夫妇甚相得”。不过张乙这一出外贩布就是个把月，李氏遂“不安于室，日游邻里”，经常跟一群不三不四的男人眉来眼去，出言挑逗，搞得乡里乡亲之间流言蜚语，什么难听的话都传了出来。为此，张乙的妈妈老脸哪里挂得住？刚开始对儿媳还好言好语相劝，发现没用就声色俱厉地管教。可这李氏连妇道都不放在眼里，遑论孝道，“教戒之则怒目视，反唇稽矣”。

当地有个名叫许三的习武后生，家住吴桥县城。他的父亲在镇子里开了一家布肆。老人家风烛残年，体弱多病，就把布肆交给儿子打理。但许三哪里是个安分守己的生意人，“恃衿无赖，好与恶少伍，而游猎于色”。渐渐地，他身边集聚了一大群地痞流氓。这一天，他在路上遇到了李氏，惊艳于她的美色，便找狐朋狗友们打听这是谁家的媳妇。某甲告诉他，这女人是住在我家隔壁的布商张乙的女人，张乙长年在外面卖布，很少着家，这女人又不大安分，“可以利诱之”。

许三一听十分高兴，便与某甲商定好，只要帮他把李氏搞到手，一定给某甲一大笔好处。某甲回到家，跟老婆商量此事，老婆说：“这好办，下次李氏来咱家串门时，你让许三装成是我弟弟来到家里，我当着李氏面夸赞许三家里富裕，看她如果动情，就成其好事。”某甲连连点头，把这主意告诉了许三。

不久之后的一天，李氏到邻居家串门时，突然见一衣着华贵的翩翩少年进来，她想躲也躲不开了。某甲的老婆随即笑嘻嘻地介绍，“这是我弟弟”，然后“牵衣命坐”，给她介绍许三如何风流倜傥，家中何等富贵。李氏偷眼观看许三，许三故意搔首弄姿，对她说些调笑的话。这时某甲的老婆对李氏说：“我弟弟不是什么外人，烦请嫂子作陪片刻，我去准备午饭。”李氏“口言归而身不动”，某甲的老婆出得门来，“反闭其户”。

接下来的一幕毋庸多言。二人刚刚完事，某甲的老婆进得门来，李氏连衣服都没穿好，遂吓得花容失色。某甲的老婆对李氏说：“你要是不想我把这件丑事往外说，就跟我弟弟长相欢好，像我的弟媳妇一样。我自然替你保密，不然休怪我满处播扬。”李氏一听，简直是“正合吾意，求之不得”，马上答应了下来，从此便与许三做了姘头。许三也真舍得在她身上花钱，“为之易新衣，备首饰”。婆婆见了奇怪，问她哪里来的这些东西，李氏只说是娘家人给的。婆婆深感疑惑，四处寻访，终于得其端倪，便禁止李氏再出家门。李氏那颗“不羁的心”岂是一个老太太能束缚的？每天在家里“骂鸡詈犬，搅扰不休”，气得婆婆差点吐白沫。等儿子张乙回来的时候，婆婆把事情经过一说，下令休掉李氏，“张乙承母命，不得已与手书而逐之”。这倒趁了李氏的心，她直接投奔到许三的家里，想着从此就能过上风流快活的日子了。

2．一具腐烂的浮尸

性的自由无可厚非，性的放纵一定要付出代价，古今中外，皆是一样。

李氏刚刚来到许三家，两个人终日厮混，比夫妻还热乎，但过了几个月，许三就发现这女人是个败金高手，衣食住行样样都要“顶配”。许三家里虽然有钱，长久下来也支应不起。何况在他眼里，李氏终究只是个荡妇，不值得把后半辈子都搭在她的身上，于是他与那帮狐朋狗友密谋。恶少们给他出主意：“干脆逼李氏为娼，让她替你挣钱。”许三觉得是个好办法，“逼妇接客，妇畏鞭笞，不敢不从也”。

再说张乙，自从休妻之后，外出做生意，一去就是半年，回家之后发现自己竟依然忘不掉李氏。他打听到李氏已经被逼为娼，趁夜去探望，“妇见痛泣，且告之悔，牵留共宿”。张乙糊里糊涂地收回了休书，离开李氏住处后，发愁怎么跟老娘说这件事。而许三得知当晚李氏接客了，登门要收钱，李氏说自己没跟昨晚的客人要钱，许三一顿鞭子打出了实情，不免惊惶：“麻烦了，张乙收回了休书，如果他现在以霸占他老婆加罪名到官府告上我一状，横竖我都得吃官司，这可怎么办？”几个恶少又给他出主意说：“张乙优柔寡断，胆小怕事，等他再上门找李氏时，我们埋伏在附近，群起而攻之，把他揍一顿，没准他就惊惧而逃，不敢再生事端！”许三一时间也没有别的主意，只好听他们的。当天晚上，张乙果然又来找李氏，“甫叩门，伏发群殴之”。结果张乙倒地不起，众人一看闹出人命了，吓得一哄而散。

第二天，河畔芦苇荡里突然漂起了一具浮尸，亭长赶紧报案，知县带着仵作来验尸，“验明遍体鳞伤，似群殴致毙而弃于河者，面目已败，莫辨谁何”。知县准备了一具棺材，将尸体入殓，公示缉凶。

再说张乙的老娘，“数日不见其子归，寻访无着”，却听到风声，说张乙失踪前曾经被一群流氓堵在李氏家门口痛殴过，“或告以河干之尸必其子也”。老太太信以为然，号啕大哭，跑到县衙去认尸，“告许三谋妇杀子状”。县令下令打开棺材让老太太相认，由于尸体面部腐烂得实在太厉害，老太太也认不出到底是不是张乙，但她报仇心切，第一眼瞥见“尸衣上右肩有补缀处”，便对县令谎称：“我儿子是个卖布的游商，经常背着几匹布走远路，所以肩膀那里的衣服特别容易破，我就用一块旧布缝了一处补丁，补丁缀以白线，您可以查验一下对得上对不上。”

“遂洗验，果然”。县令立刻下令，将许三及其同伙捉拿归案。许三等人本就心虚，归案之后马上招认，就等着开刀问斩，给张乙偿命了。

谁知就在这时，这起“铁案”突然发生了变化。

3. 一次奇怪的经历

许三被捕，吴桥人都拍手称快，只有一个人痛心疾首，那就是他卧病在床的老父亲。他知道儿子一向行为不端，尤其在男女之事上，各种劣迹。但要说儿子杀人，他却怎么也不敢相信。他挣扎着爬起床，拄杖奔走，给儿子找寻脱罪的证据。有个同情他的公差偷偷告诉他说：“张乙身子短小，那尸体身长，而且从年龄上看，尸体也比张乙的年龄大得多。”老汉非常惊讶，问那人何以看出尸体的年龄大，那人道：“尸体面目虽然溃烂，但下巴上有须一缕，须色灰白，哪里是二十多岁的小伙的样子？”老汉恍然大悟，“急为上控，而使其子翻供”。省里在复审时，也觉得情况不对，发回重审，折腾了几个来回，渐渐地竟过去了一年。

这一年里，许三的皮肉没少吃苦头。他起初认罪，随后又翻供，在县令看来近似一种戏弄，自然要交代牢头多给他一些“关照”，折磨得这个花花公子死去活来。有个姓程的老吏劝告他说：“既然你霸占别人妻子，指使同伙殴打张乙是事实，无论死者是不是他本人，你的罪都难以避免，你承认了，未必马上就杀你。若翻供不承认，县太爷恼怒你反复无常，必然会加重用刑。与其在监牢里死得不明不白，还不如先认了罪，再耐心等待翻案的机会。”许三感悟，“痛哭承认，供招乃定”。

案件发展到这里，再一次突然出现了逆转——张乙出现了。

原来那天张乙被一伙儿流氓殴打，倒地不起是在装死。等听他们走远了，他才敢动弹。由于明知是李氏惹下的祸端，觉得丢人至极，不敢回家见老娘，遂匍匐以进。到了河边，雇了一条小船，趁着夜色来到邻县一个朋友家中。朋友看他鼻青脸肿、遍体鳞伤的样子，惊问其故。张乙说自己“酒后与人共殴，既被人伤，亦复伤人”，进而隐姓埋名，躲藏起来。朋友找来医生给他调治，等伤口痊愈了，干脆与他合伙经商，“贩布于口外”。

这样过了一年，张乙发了财，这才回家探望母亲。老娘一见他还活着，欣喜若狂，但是神情间又露出恐惧。张乙莫名其妙，老娘把事情一五一十地告诉了他，说许三很快就要被处决，你的出现说明这是一起冤案，所以你还是回到口外避匿去吧。张乙摇摇头说：“不可不可，我本无罪，如果让许三给我抵命，那就是我的过错了，而且我终身需要躲躲藏藏，不能再回故乡，还不如自首呢！”于是他坦然地来到县衙说明情况，县令见“死人”复生，大吃一惊。所幸许三还未处决，判他一个通奸之罪，就此结案。

经过这么一场磨难，许三自然从此低头做人，和那些狐朋狗友断绝了来往，从此安分守己；而李氏“割指示志，改行为良”，和张乙重归于好。

结局虽然是大团圆，但一具“无面尸”差点造成冤杀，也颇令人反思。世间很多冤假错案的后面，不仅存在着各种各样的巧合，还有人与人之间旧怨新仇导致的刻意的伪证。张乙的老娘，对儿子的受辱怀恨在心，宁可说谎话也不愿放过“报仇良机”；而张乙本人被戴绿帽也好，被群殴也罢，却始终不肯弄虚作假，实属难得。前者属于人性，后者需要“觉悟”，对于执法者而言，二者都不可恃，所恃者，只有“明察秋毫”四个字而已。“秋毫”太细也许难察，那么一缕灰白的胡须呢？总不应该有眼无珠地错过吧！

五、问苍天不问鬼神：纪晓岚不信“做梦破案”

2014年，中央电视台的《撒贝宁时间》栏目曾播出过一期名为“梦境擒凶”的节目：吉林省长白山市公安局接到群众报案，在一户人家的柴垛边发现一件血渍的男上衣，经查发现是当地一个叫张永成的男人的，而这个人失踪已有一周了。警方随即开始调查，但由于没有方向，案件一直没有眉目。突然有一天，张永成的姐姐张燕来到公安局，说弟弟昨晚托梦给她，自称已经被害，现在被埋在长白山市火车站南面铁道边的灌木丛的地下。警察们觉得匪夷所思，但看到张燕寻弟情切，便按照她讲的路径来到了铁路南面，在铁路边20米处发现有一片灌木丛，向下挖掘了近2米后，果然发现张永成的尸体躺在那儿，并由此顺藤摸瓜，抓获了真凶。

这件案子几乎让每个人都会想到“冤魂托梦”这一词汇说法。在恐怖片中，被害者的鬼魂托梦给亲人或办案官员，让他们帮助自己讨还血债，是很常见的情节。但现实生活中居然真的出现这种事，还是让人觉得有违常理，至少是一件用科学无法讲得通的事情。

事实上，在古代笔记中，也记述过一些类似的案件，大多诡异离奇，惊悚可怖。这次，笔者选择了其中有代表性的几篇文章，让读者全面了解“做梦”这一极其罕见和特殊的“破案手段”。

1. 梦诡：尸骨就在卧榻下面

喜欢看公案小说的朋友，一定会熟悉这样的情节，某个“青天”做梦，梦见一个浑身是血的冤魂跪在他面前说：“我被某某杀害，尸体埋在某某地方，请大人为我申冤。”然后“青天”按照冤魂告诉他的地点，便能挖出尸体，找到凶手，然后结尾一般都有个“一郡百姓哗以为神”……

古代笔记中，“冤魂托梦”的事情有很多，未必一定要做梦者帮助申冤破案，更多的只是希望能把尸骨换个妥帖的地方安葬。宋代张师正撰《括异记》中就记载了这么一件事：有个名叫冀膺的人在河南府缑氏县当知县，这一年他的任期满了，“代人将至”前他把老婆孩子先行送到洛城，自己独自在官邸居住，等待交接。“一夕，梦二女子再拜于榻前”，冀膺问她们有什么事？两女说：“我们是先前住在这里的尹家的女奴，因为过失被鞭挞致死，尸骨就埋在您的卧榻下面。因为一直以来您的家人都住在这个屋子里，所以不敢轻举妄动，怕惊扰到内眷。现在您要搬走了，我们才敢相告，希望您能帮我们把尸骨迁到坟地里安葬。”冀膺答应了。第二天醒来，挖开自己卧榻下面的地板，“果得二枯骨，红梳绣履尚在”，冀膺“命裹以衣絮，祭以酒钱，加之楮钱，埋于近郊，数夕后，梦中前谢而去”。

昔日读这则笔记，笔者只觉得冀膺这人心真大，谁要是托梦告诉我她尸骨就在我床下，我绝无安枕到第二天早晨的可能。此外，这也未免过于凄恻，两个女孩只因犯了点过失便被鞭挞致死，死后依然只有“自省”而全无“报复”的念头，真是可怜又可悲。相较之下，明朝正统八年（1443）四月发生的一起案件，倒更符合“冤魂托梦”的套路。

事见《双槐岁钞》卷五。南京御史戴谦有一晚做梦，梦见自己骑马到了一处叫清江厂的地方，有个“蓬首、褐衫、姓李”的人，带着他往前走。一路上经过了无数间竹房，直到走到一间瓦房前。入门，“有男子卧地上，一妇人绿衣、红裳、簪花，处其旁”。那妇人一边哭一边说：“我想救你，可是你已经气绝了，这可怎么办啊？”戴谦猛地惊醒过来，立刻骑马到清江厂，一路上经过无数间竹房，“皆如梦中所见”，终于看到一间瓦房。戴谦翻身下马，进了这户人家，才知道男主人姓李，正是梦里那个蓬首褐衫的男子。他因为买肉和屠夫发生争吵，被屠夫一刀杀死，而屠夫不知使了什么手段，竟一直逍遥法外。而梦里所见的那个妇人，乃是李姓男子早逝的姐姐。戴谦立刻下令拘捕屠夫，南京城因为此案而轰动，“一时白下盛传之”。

与之相类似的还有民国笔记《洞灵小志》中的一则记录。有一条轮船发生火灾，“舟中客多有投箱笼于水，身附其上，以冀遇救”。闻讯赶来的一些渔户不但不救人，还用船桨将遇难的乘客打落入水，然后捞走他们的箱笼，劫取其中的财物。因为遇难者已死，没人指证那些渔户的罪行，他们自然就安享其利。

有个遇难者的儿子夜晚做梦，梦见父亲告诉他，自己落水后，遇见一条渔船，大声呼救，说身上携带有2000元钞币，可以分船户一半。那船户姓王，将他救上船，搜出他身上的2000元钞币后，重新将他打入水中淹死……儿子从梦中惊醒，“翌日直奔焚舟处，访王姓渔船”，待找到那渔户后，“即扭王到官，以亡父之梦控之”。姓王的渔户当然不会承认，主审官派人搜查他的渔船，果然发现2000元钞币，“王无可诡饰，乃具供而治以谋杀之罪”。

不知道读者有没有想到火车出轨后哄抢财物不救人的新闻，有没有想到“挟尸要价”的照片。鲁迅先生对国民性的冷漠、麻木和残忍，每每发出“古已有之”的感慨，似也可用“今亦有之”来做一回复。

2. 梦游：梦中推理出了真凶

说到古代笔记中最为诡异复杂的一起“做梦破案”，当属袁枚在《子不语》中所记的一件奇案。

清乾隆五十年（1785）六月，山东曹州府衙门陷入了前所未有的困顿之中。

事情要从年初说起。曹州有个姓刘的人，以典当为业，聘请了一个家住虞城的张某给他当掌柜的，打理典当行的大小事务，已经2年了。张掌柜有了些积蓄，“岁暮欲归”，因为典当行年关时事情多，特别繁忙，刘某一直挽留张掌柜到大年三十，方允许他骑一匹大青骡回虞城，并约好上元节（正月十五）那天返回曹州。

谁知正月十五那天，一向守诺的张掌柜并没有回到曹州。刘某很着急，便派人去虞城的张家催促。谁知张家一听就急了，说根本没见到张掌柜回来过年。两家人说不拢，谈崩了，一直闹到巡抚大人那里。巡抚下令由曹州府衙门寻找张掌柜，活要见人，死要见尸。谁知这一找竟找了六个月，全然不见张掌柜的踪迹，“公差惶遽无措”。

这天傍晚时分，有几个公差在城南一带暗访。夜幕渐沉，他们忽然看到一个老翁和一个少年一边走一边聊天。老翁说：“月色甚佳，何不向凉亭一行？”少年同意了。公差们顿时起了疑心，曹州城外往南十数里的一片荒野之中，确实兀立着一座残破的凉亭，但是很少有人在这个时候去那里赏月。何况现在过去的话，稍晚一点城门关闭，这一老一小怎么进城呢？

既然找不到张某，抓个毛贼、破个小案也可以糊弄差事，于是几个公差悄悄地跟在他们后面。只见一老一小沿着小路，向凉亭走去，一路上没有交谈，似乎也不像是准备作奸犯科的样子。没多久，果然到了凉亭里，月光如洗，在残瓦颓柱间洒下一片凄怆的惨白。公差们伏在草丛中想听他俩聊什么，“听所言，皆邻里间琐事”，看来这真的是一次单纯的赏月活动。

公差们有些气馁，正准备起身离去。只听那少年说了一句话，让他们呆若木鸡：“城内典当行的刘老板走失了张掌柜的案子，我猜是西门外那个姓孙的卖饼人干的。他一定是看上了张掌柜带回家的财物，在路上将张掌柜袭杀了。”

老翁问：“你怎么知道的？”

少年说：“那家饼店已经在曹州城开了很多年，生意一直不错。今年春天，张掌柜失踪的案子刚一曝出，姓孙的就关张回家去了。何况他与张掌柜一直很熟，肯定是知道了张掌柜回家的时间和路线，行此杀人越货之举，案发后又做贼心虚，才躲回家去。”

老翁的口吻立刻严肃起来：“此事大有干系，何得妄语？夜深，可归矣。”

得此重要线索，两个公差岂能轻易放过，正要上前追问，那一老一少已经往城里匆匆走去，“行甚速”。公差却也不急，想他俩到了城门，肯定会被拦下。“至南城，门已闭”，公差们正待看他俩怎么办，只见他俩竟从只有微微一道缝的门隙里钻了进去！

这可真是见了鬼了，公差们愣了半晌，才大呼城门官，用钥匙开了城门，冲进城去，“则两人尚在前行”。到了一条胡同口，少年与老翁告别，进了一扇门，令人毛骨悚然的是，那门始终紧闭没有开启。公差们“复随翁行二十余家，亦未启扉而入”。

公差们大惊失色，不管那老翁是人是鬼，拔出腰刀，挥拳砸门。半晌，老翁才慢慢走了出来。他手持照亮的纸捻，披着衣服，一副刚刚睡醒的样子。公差怒道：“你装什么装！刚刚才和那少年在凉亭赏月，怎么这么快就是一副睡态？”老翁一头雾水：“你怎么知道我刚刚做梦去赏月了？”这时，那少年也被公差破门捕来，同样是刚刚睡醒的样子。一老一少被抓进衙门，叙述了各自的梦境，竟与公差们看到的一模一样！

曹州府官员被这一诡奇的事件搞得晕头转向。看起来，公差们似乎是遇到了老翁和少年睡着后出窍的灵魂，或者不知什么缘由走进了这两个人的梦里，但是那个姓孙的卖饼人确实有调查的必要了。第二天一早，多位公差在一个村子里找到了孙某的家，刚一进门，就看见了张掌柜骑的那匹大青骡，于是孙某立刻被缉拿到衙门，“一讯而服”，承认了自己在半路杀害张掌柜，夺其财物的罪行。

这一案件，如果排除“穿门术”等诡异情节，更像是两个梦游的人被公差碰上。但梦游的人竟能对话，就完全不可以解释了。当然更大的可能是这一老一少确实在赏月时聊了此事，当遇到公差上门时，不约而同地因为害怕，都说自己是在做梦，毕竟老翁曾经制止了少年的“妄语”，也许是岁月的风霜让他不愿意接触任何公门之事和公门中人吧。

3．梦解：从竹子联想到犯人姓“祝”

在本书第一册中，笔者曾经阐述过这样一个观点：古代笔记中所记述的大部分“诡案”无非两类：一类是当官的装神弄鬼，把自己打造成“日审阳，夜断阴”的“神官”，以达到震慑愚民，使其不敢欺瞒的作用；另一类就是做贼的装神弄鬼，好让那些愚昧迷信的为官者晕头转向，不敢穷究案件的真相。说白了，双方都在用“神迹”来互骗，这是中国几千年来的常态。就好像很多王朝的“高祖”或“太祖”的母亲在生育前总会被龙扑倒或梦到太阳，而不满现状的民众会在黄河边挖出一只眼的石人一样，不足为奇。

因此，有坚信做梦可以破案的官员，也有对此嗤之以鼻的学者。

清代就有一位对“做梦破案”抱有坚定信仰的县官，有一次遇到人命案，很久不能侦破，就跑到城隍庙里焚香磕头，希望神仙能够在梦里给自己一些线索和提示。当天晚上，他梦见神仙引着一个鬼到了自己的面前，那鬼头上顶着一个瓷盘，盘子里面“种竹十余竿，青翠可爱”。醒来后这县令就开始拆解暗号，反复琢磨了许多遍梦境，再去翻检命案的卷宗，发现死者的邻居姓“祝”，“祝”和“竹”是同音字，想必罪犯就是此人！于是，他把那姓祝的捕来一顿拷打，最后才发现在命案发生那天这人在外地；县令不甘心放弃梦中得到的“提示”，再次翻检卷宗，发现死者的表弟的姓名中有个“节”字，县令此时“脑洞大开”：“竹子都有竹节，看来凶手一定是这个名字里有‘节’的人”，于是抓来又是严刑拷打。最后发现此人并无作案时间，只好释放了事。

因为一个梦，冤枉了两个无辜的人，这样的糊涂县令深为纪晓岚所耻笑，他在《阅微草堂笔记》中记下此事之后，写了一段点评："夫疑狱，谦虚研鞫，或可得真情，祷神祈梦之说，不过慑服愚民，给之吐实耳。"纪晓岚很清楚，所谓"做梦破案"，不过是用来吓唬那些愚昧的罪犯，让他们老实招供的。纪晓岚认为：若将梦中恍惚的情形加以胡乱猜想，进而作为定案的根据，那么一定会制造出冤假错案。

那么可能有人会说，本文开头所述的节目里，弟弟托梦给姐姐找到了自己被杀后埋尸的地点，又该做何解释？在没有亲自调查事件的全部经过，并与当事人做进一步的了解和对话之前，笔者对此事不做肯定，也不做否定，但是我赞同纪晓岚的一句话："古来祈梦断狱之事，余谓皆过后之附会也。"

六、马王爷显灵：梧州奇案的真相

我们知道，古代笔记中的种种“诡案”往往都可以得到科学、合理的解释，有的是官方为了恐吓嫌疑人而装神弄鬼，有的是嫌疑人为了逃脱刑罚而故布“鬼迹”。但还有一种更为多见，即撰写者纯粹基于文本原因的某种“创造”，只是很少为撰写者所承认。而清凉道人（徐承烈）所撰的《听雨轩笔记》中的梧州奇案，虽然异常诡异和恐怖，却是难得的一个在结尾处“道出真相”的记录，值得我们阅读和深思。

1. 都是老虎惹的祸？

广西梧州府北门外水师营前，有个名叫王际余的人，长得嘴歪眼斜鼻子塌，奇丑无比，以“沿乡卖杂货为业”。他这么个武大郎的“人设”，偏偏还娶了个貌似潘金莲的老婆——其妻刘氏非常漂亮，而且力气还很大。街坊四邻的都“惜其所配参差”，刘氏自己也“深以为恨”，不仅平日里跟王际余分床睡，而且常常很多天都不和他说一句话。王际余自己也很苦闷，只跟同乡的一个叫丁云九的人要好。丁云九也是卖杂货的货郎，两个人不仅经常一起搭帮做生意，偶尔还一起下下馆子。喝酒喝到尽兴时，王际余难免把自己受老婆冷遇之事说给丁云九听，而丁云九也只能安慰他：“嫂子那等天仙般的相貌，能在家守着，没有出去招蜂引蝶，你就知足吧！”

此时正是乾隆年间，太平盛世，生意好做，这一日王际余和丁云九又一起外出做生意。几天后，王际余先回家来，对刘氏说：“云九有一笔货要挑到远处去卖，我不放心就跟他分开，先回来了。”刘氏冷笑道：“不知道你有啥不放心的。”王际余不敢多言，只是说：“云九有 400 文钱，托我带回来先给她母亲。明天你送一趟钱去他家里吧，顺便告诉他母亲，云九还要四五天才能回家。”刘氏却不肯去，此前丁云九跟王际余搭帮做生意时，刘氏总怀疑丁云九在分账时故意算计憨厚老实的丈夫，自己拿大头，让丈夫拿小头。虽然王际余不怎么计较，但刘氏曾经找到丁云九家里当众嚷骂，这是全乡都知道的事情。王际余说自己明天一早还要出门办事，好说歹说，刘氏总算答应了。

第二天一早，王际余的一位好友来到家里找他“同往三界庙看戏”。刘氏说王际余很早就出门到附近的村子讨一笔欠债去了，朋友只好离去，谁知往后几天乡里乡外竟再没有人见过王际余。有些喜欢管闲事的乡亲们发现这个平日里喜欢走街串巷卖东西的货郎失踪了，纷纷去寻找，却怎么也找不到。这时丁云九回来了，刘氏“遂托其遍觅之，绝无踪迹”。

有人就说了：“八成王际余是被老虎吃了。”

广西的虎患是从明代开始频繁出现的，到了清代居然闹到了以“虎暴”相称的地步。雍正《钦州志》载，“康熙八年春夏虎暴……二十四年虎暴”。乾隆《廉州府志》载，“康熙十年钦州虎蹂近郊，白昼噬人；四十四年冬，虎入城”。老虎的嚣张可怖，不仅在于其在深山老林里伏击过路的旅人，而且其还把整个村庄都当成自己的木兰围场，公然跑到村子里，躲在房前屋后捕食出门的村民，以至于史料上记载：“（广西）其俗屋后皆菜园，甫出门至园，而虎已衔去矣。”因为多虎，很多村庄连小偷都没了，“人家禾仓多在门外，以多虎，故无窃者”。

也正是因此，对于王际余的失踪，人们想到的是：“时方多虎，而际余贸易向在山村，人咸以为必罹虎患矣。”

有一件无足轻重的小事，在当时并没有引起太多人的关注。就在王际余失踪前的两个月，刘氏曾经跟邻居家借石磨“屑麦为食”[①]，刘氏将石磨借走很久也没有归还，而邻居家也要用，登门讨要时，发现石磨少了一半磨盘，刘氏翻遍了整个屋子也找不到，怀疑是被贼给偷走了，只好赔了邻居整个磨盘的钱，把那剩下的半个磨盘放在柴房里。

那么，善良淳朴的村民们有没有想到：如果贼偷石磨，一定是上下两扇磨盘一起偷走，只偷一半又有什么用呢？

2. 百斤铁戟捞沉尸

梧州城外有个五显码头，五显码头有座华光庙，供奉着华光大帝。“华光”有个更响亮的名字——“马王爷”！就是那句“不给你点儿厉害，你就不知道马王爷三只眼”的主人公。华光就是马王爷，他使用一块金砖，降妖伏魔，在清代被道教封为“显佑灵官”，在旧时曾受到手工业者的膜拜和供奉，被认为是目光如炬、公正无私的神祇。

每一年的冬天，梧州城都要搞声势浩大的祭祀华光大帝的活动，“士庶必奉神像，巡行于城之内外，以祓不祥”。

相传华光大帝除了金制板砖之外，最重要的武器是一把戟，“故士

① 屑麦就是把麦子磨成面粉的意思。——编者注

人造诣铁戟，树于神侧”。那杆铁戟长一丈有余，粗约成人手掌的一握，铁戟上面雕刻着一条灵蛇，“约重百余斤”。每次把神像请出来巡行时，都要由几条壮汉轮流扛着铁戟在旁边随行。

这一年的十一月初，华光大帝神像环城大游行活动如期举行，梧州城里里外外的老百姓都出来观看。神像一路巡行，来到水师营的营门附近，这条路一面全都是民居，另一面则是江水。就在这时，一件让所有人都没想到的事情发生了！

“忽一人于众中跃出，夺戟舞之”，那杆百余斤重的铁戟被这人舞得像风车一般，“进退盘旋，轻捷如素习”。人群顿时沸腾起来，以为是华光大帝降世显灵。谁知抬眼望去，舞动铁戟的却是那个不起眼的货郎丁云九！

丁云九舞完铁戟，一直跑到江边，冲进江水齐腰深的地方，用铁戟在江底捞着什么，良久，他突然转过身，“复执杆倒行以曳之”。看他拖曳的状态，似乎是打捞到了什么，等他跑到岸上的时候，铁戟的小枝上竟挂着一具死尸！

“时岸上聚观者千余人，齐声大哗。”一开始看华光大帝巡行，结果看到丁云九的武术表演，已经够“喜出望外”的了，谁知看到最后竟看到江底捞尸，这也实在是太惊悚，太匪夷所思了！而更加令人目瞪口呆的事情发生了，那个深藏不露的武林高手丁云九突然把铁戟一扔，倒在地上——“口中白沫高数寸”，似乎是突发羊角风。

围观的群众赶紧跑到梧州府报官，官府马上派仵作验尸，尸体虽然浸泡良久，但面目变化不大，“人皆识为王际余也”。验尸结果证明王际余是被谋杀的，“麻绳紧缠颈间，颈骨几断”。尸体上绑着半扇石磨，是用竹绳穿过石磨的磨眼而缚之的。“戟之小枝适勾其索，故得曳起。”

3．官方记录道真相

王际余被杀，第一个犯罪嫌疑人必然是其妻刘氏无疑。官府马上把刘氏抓来审讯，刘氏刚开始还抵赖，说丈夫失踪很久，自己也找不到他，等王际余的尸体往大堂上一抬，她顿时傻了眼，瘫倒在地，讲出了耸人听闻的犯罪事实。

原来刘氏在王际余外出贩货的时候，早就跟人私通了。而王际余似乎也有所察觉，这么下去早晚要被他捉奸在床。在古代，妇女与人通奸不仅道德问题，还要受到严重的惩罚甚至死刑。刘氏和奸夫商量之下，决定杀死王际余，“以为久远计”——而这个奸夫，正是那位与王际余合伙搭帮做生意的好朋友丁云九！在实施杀人行动前，刘氏和丁云九做了精细准备，包括勒人的缢索和穿石磨的竹绳等。刘氏还故意与丁云九当众争吵，显示他俩有仇，以避免事后官府追查时怀疑他俩有奸情，串通杀人。但采用半扇石磨来将尸体沉江，又说明在谋杀时间的选择上具有一定的不确定性，“主要看时机”，否则刘氏和丁云九应该提前准备一个更妥善的、完全不会引起邻居注意的物品。

谋杀时间最终被敲定在王际余“先行回家”的那个晚上。当天，丁云九假说自己还要有货，要去远处他乡卖，王际余与他分手之后，他顺小路火速跑回王际余的家中，“伏于刘氏床下”。等王际余回到家之后，当晚刘氏梳妆打扮得光彩照人，陪丈夫喝酒，将王际余灌得酩酊大醉。前面说过，这刘氏是一个力气很大的人，见丈夫醉倒，便将他抬到床上，“坐压其身，而以绳手缢之”，没想到用力过猛，竟然险些将王际余的颈骨勒断！

王际余毙命之时，“时已深夜”。水师营的前面就是大江，此时此刻，四野茫茫，江水滔滔，正是一个无月的昏暗之夜。而他们在江边早已准备好了一艘小船。刘氏背起尸体，丁云九抱着那半扇石磨跟在她的身后，两个人一起快速移动到江边，上得船去，将船划到江心，“以石磨缚其身，而沉之深处”。这之后，这对奸夫淫妇把船划回岸边，刘氏返家，而丁云九趁着夜色溜到外地去，过了几天才装成贩货归来，回到乡里……他们准备等尘埃落定以后，先后搬家，在异地他乡再做夫妇，万万没想到丁云九竟在几乎全体梧州人的面前上演了一出“华光舞戟”！

官府从柴房里“取刘氏所存磨盘，而以尸身石磨凑之，吻合若一”，从物证角度讲这是做了同一认定。而那个犯了羊角风的丁云九苏醒过来，见刘氏已经招供，自然也只能认罪。官府将这二人“按律定罪，处以极刑”。

据刘氏交代，在沉尸时，她看着江水把丈夫的尸体吞没，还阴毒地笑着说：“除非天神才能把你捞出来吧！”

此事之后，梧州城的华光庙香火更盛，人们都竞相来上香供奉。因为在梧州百姓们看来，丁云九一介小贩，之所以能舞动百斤铁戟，江底勾尸，实在是因为他和刘氏残忍杀人，激怒了天神，而华光大帝“巡行至此，神即附云九之身，以戟勾而出之，其冤始雪”。

不过徐承烈恰恰在《听雨轩笔记》的最后一段里，或多或少地说出了这一案件被揭发的真相：那就是在官府的正式案宗里，王际余的尸体被发现，乃是因为“渔人下网捕鱼，网适裹其尸身，重不可起，渔人入水探之，始知其故而告之官”。也就是说，并没有什么华光显灵、万人观舞、铁戟捞尸之事，而徐承烈对此的解释乃是因为“官以华光显灵之说，似乎荒诞，难入爰书（古代记录原告、被告双方供词的官方文书）”。从整体上看，中国古代与刑事案件相关的官方文件都相当严肃，读来刻板，毕竟人命关天，不可轻佻，尤其明清之际，已杜绝鬼神之类的说辞。在某种程度上，也许正是因为古人清醒地意识到：为了教育多为文盲的民众遵纪守法，不妨放些“恐怖片”，但给管理层看的、给后人留档的还得是“纪录片”，愚民尽可真作假，治民不可假当真。

七、判对了的“冤案”：三件无证据判定的无头案

尽信书不如无书，是很多人耳熟能详的一句话，但是真正能做到的人又有几个？尤其是对古籍，国人总有一种纳头便拜的倾向。而且成书时间越早，越有着不容置疑的特权，字字是真理，句句有深意——这是极其荒诞的事情。假如一个民族的文化永远是旧的胜过新的，那么只能证明其已经丧失了进步和进化的能力。真正的读书人，应以质疑为第一要义。尤其是中国史，恐怕要从墨写的事迹中读出血写的真相，才算入门。

笔记也不例外。笔记由于是一种个人随笔式的阐述，其中固然有为正史淹没的真实，也有大量完全凭个人记忆感受、道听途说的内容，这些则需要考证和思辨。而在笔记中记叙的大量“诡案”，稍加思索，往往也不过是披着鬼神外衣的官民互欺。还有不少上了中国古代智慧故事集的“名案”，细细琢磨一番，也都有可疑之处。

1．要人命的鱼汤

冯梦龙的《智囊》家喻户晓，里面记载了上自先秦下迄明代的1000多则“智慧故事”。我小时候逛书摊，经常看到这部书的各种白话本，读后觉得很有意思。那时只是照章接纳，书上写什么就信什么，但我在当了多年健康类媒体记者，尤其是创作推理小说之后，回过头去看这部书，发现其中有不少案件的审理和判决，都大有可以商榷的地方。

比如“察智”一卷中记载了这样两个故事。

明成化年间，单县有个种田的农夫。他干了半天农活，正好老婆带了午饭来，农夫狼吞虎咽地吃完，突然倒下死了。农夫的父亲和母亲痛不欲生，怀疑儿媳妇在外面勾搭了别的男人，下毒谋害亲夫，于是到官府告状。官府无非是刑讯逼供，那妇人“不胜箠楚，遂诬服”。

恰好那段时间山东大旱。任山东按察司副使的许进按照古人“天人合一，旱必有冤”的逻辑，开始在各地察访有无冤案，恨不得把监狱中的每个囚犯都复审一遍。到了单县，正好提审到农夫毒毙案中的媳妇。妇人大呼冤枉：“夫妇相守一辈子，是每个人的愿望，下毒杀人，那需要何等周密的计划，哪里有在自家田地里下手的呢？”许进听了，觉得言之有理，“遂询其所馈饮食及所经道路”。随后，那妇人又说：“我只做了普通的鱼汤米饭，来的路上穿过一片荆花树林，没有别的什么。”许进于是重新买鱼做饭，将那片荆花树林上的荆花摘下，洒在汤饭里，给猪狗吃，“无不死者”。于是妇人的冤屈得雪，“即日大雨如注”。

我们且先不说妇人说的那句“夫妇相守一辈子，是每个人的愿望”是多么的以偏概全！也不说下毒杀人固然可以策划于密室，但未必不能行之于田野，我们仅从科学的角度谈一个问题——荆花和鱼汤米饭掺合在一起，有那么大的毒性吗？

是药三分毒，既有药性，也有毒性。从中医学的角度讲，荆花有清热凉血、祛风解毒的功效。但是遍查药典，也找不出荆花能把人毒死的，可见其毒性极低。那么，荆花与鱼汤米饭配伍能成毒药吗？过去有过一个说法：鱼虾 + 果蔬 = 砒霜，因为鱼虾类食物所含有的五价砷，和果蔬中的维生素 C 混合可产生三氧化二砷（砒霜）。不过，作为曾经的健康媒体记者，我要清晰地告诉大家：这种“毒药”的制造方法，需要耗费数量惊人的鱼虾和果蔬，真要想这么毒死一个人，恐怕他还没等毒死，就已经被撑死了。

在这一案件中，鱼汤米饭加荆花造成毒杀是确凿无疑的，因为用来试验的猪狗也死了。问题是到底毒药下在了哪里？试验中的鱼汤米饭是许进让手下人做的，应该不会有问题，那么问题很可能出在荆花上。值得注意的是，那妇人在说到送饭所经道路时，刻意提到了荆花树林。诸位读者可以想一想，假如让你们陈述一下去楼下的小卖部会经过哪里，恐怕只有两种可能，一种是“下楼就到了啊”，一种是详细描述坐电梯，出楼门，穿过小区的健身场，走过自行车棚……不会只描述一个场景。所以，单单提出“荆花树林”，本身就是很不正常的事情，反而让人怀疑，会不会是她将毒药直接涂于树上的荆花，然后摘几片花瓣扔在了鱼汤米饭里。这样等到官府审讯时，找准时机抛出“环境有毒”，就有了翻案的可能。

2. 会吐丝的毒蝎

记载在“察智”一卷中的另一个故事——“张昺审黄鳝”，也不大可信。铅山县有个人平时很爱吃黄鳝，一天吃完老婆做的黄鳝后腹痛而死。官府把他老婆捉去审讯之后，虽然招供了毒杀亲夫，但证据不足，只能先把人关押着。数年后，新任县令张昺“阅其牍，疑中鳝毒”，于是招来一帮打鱼的捉来很多黄鳝，放在水瓮中，“有昂头出水二三寸者”。张昺感到很惊讶，就让那个犯妇将这些“出头”的黄鳝煮了一些给死刑犯吃，死刑犯吃后也喊叫肚子疼，之后就死了，于是妇人被释放回家了。

首先应该说明的是，黄鳝从水中昂出头来，只能说明水中含氧量低、水质不好，并不能证明黄鳝有毒。即便是真的有毒，案发也已经过去几年了，此时的黄鳝丝毫不能代表彼时的黄鳝，也并无证据证明彼时毒死人的黄鳝也是昂头出水的。换言之，这之间根本就没有严密的逻辑关系。如果说经过一个女人的烹调，未必有毒的黄鳝又毒死了几个死刑犯，那么问题恐怕还是出在这个女人的身上。想来在监狱关押了这么多年，稍有薄财，也早就打通了许多关节。而张昺初来乍到，县衙的厨子把食盐换成砒霜，交给正在烹调的女人，未必有人能看得出吧！

清末魏息园写的律学笔记《不用刑审判书》里，有一则更加离奇的案子：有个货郎长年在外做小生意，这一天回转家中，他的妈妈十分高兴，就嘱咐儿媳妇杀鸡炖了给儿子吃。当时正是夏天，一家人把餐桌摆在葡萄架下面，吃完饭没多久，货郎突然死了。县令听说之后，怀疑货郎长期不在家，其妻与什么人有奸情，共谋杀夫，就把其妻抓来严刑拷打。其妻认罪，并供出了“奸夫”，然后双双被绞死。

当地人盛传这是一起冤案，巡抚大人听说了，就决定微服私访。他装作过路的客人来到货郎家，聊起刚刚发生的这起案子，货郎的妈妈长吁短叹，说媳妇平时对自己很孝顺，不相信她害死了自己的儿子。巡抚又问，那天你们一起吃饭，有什么是你儿子吃了，你们两个女人都没有吃的呢？老太太说：“那一日我婆媳二人都吃素，所以我儿独自吃掉了一只炖鸡。”巡抚马上去买了一只鸡，炖熟后放在葡萄架下，香喷喷的热气向上升起。没多久，只见一缕细丝从葡萄架上落下，掉进了盛鸡的盘子里，把鸡肉喂狗，狗当即死去。巡抚立刻让人拆掉葡萄架，发现里面有一只毒蝎，那细丝就是毒蝎的唾液，有剧毒。因而他推测，当日蝎子闻到鸡肉的香味，流了口水，结果口水落在鸡肉上，把货郎毒死了……

巡抚为货郎之妻平反昭雪，可是这位巡抚的认知根本不可靠。蝎子虽然有唾液腺，但其分泌的消化酶是为了分解食物用的，根本不会吐丝，蝎子的毒液主要集中在尾部毒腺上，即便是蜇人也是攻击人的神经系统和循环系统，怎么可能通过消化系统置人于死地？这样毫无动物学常识的断案居然也成了“名案”，简直让人哭笑不得。

由此，货郎其妻和“奸夫”因为杀人罪被处死，到底是不是一起冤案，恐怕还无法下结论吧！

3. 背黑锅的蜥蜴

细一琢磨，如果说上面这些“冤案”可能平反错了，那么记载在清代笔记《清稗类钞》中的一起郑州杀夫奇案，则是一起不折不扣的初判就判对了的案子。

郑州有个人娶了老婆，两口子感情很好。这一年岳母去世了，“妇以母丧奔家”，一去就是 3 个月。丈夫急了，屡次派人去催促老婆早点回家，而派去的人见不到其妻，只见妻子的弟弟总是以这样或那样的借口告诉来人：“我姐姐暂时回不去。”

又过了一个多月，这人实在是觉得妻子在娘家的时间太久了，亲自去接她回来。妻子不得已，只好离开娘家，临行前，“妇与弟窃窃私语，若甚依恋者”。丈夫感到十分惊疑，回到家以后，“以妇与其弟私语事告家人”，家里人一时间都感到费解。

没过多久，妻子的弟弟突然派人送来了一碗汤羹给姐夫喝，“某啜之，越日而毙”。家人一看，顿时一片喧哗，怀疑其妻和弟弟有私情，弟弟在汤羹里下毒，杀害了姐夫，“鸣之官，拘妇及弟问之，坚不承”，一顿大刑伺候，两人招认了，被判处择日问斩。

正在这时，新的县令上任了，他说此案证据不足，需要复审。升堂之后，县令问那个妻子：“你丈夫临死前，家里有什么异样的地方吗？”妻子摇摇头，县令又问：“那碗汤羹是拿来就直接吃了呢，还是先放在什么地方了？”妻子说：“先放在厨房了。”县令又问：“厨房里有什么毒物吗？”

《清稗类钞》记叙到这里，用了一个颇为耐人寻味的词汇——“妇顿悟”！顿悟过来的妻子“乃泣涕而言”，说厨房里面有很多蜥蜴，“夫中其毒也”。县令立刻派人去她的家中，勘查一下厨房，并开棺验尸，果然在尸体上找到了两条小蜥蜴，给这个妻子平反昭雪。

从县令的审讯过程来看，句句话都像是给那个妻子“指路”、帮她“顿悟”，让人不能不猜疑娘家人给新县令使了银子。更加荒唐可笑的是，这位县令显然是看多了古书，才被错误的知识误导，让“五毒”之一的蜥蜴来背这个黑锅。须知，在世界已知的6000多种蜥蜴中，只有极少数是有毒的，而且都分布在北美洲和中美洲。很多人比较熟悉科莫多巨蜥，觉得其模样可怖，一定是毒蜥蜴，其实动物界对此一直抱有争议。很多学者认为科莫多巨蜥那不是有毒，而是脏。不刷牙，又爱吃腐肉，口腔分泌物中含有大量的病菌，咬人后容易导致感染死亡。至于咱们国家最常见的壁虎，传说中被列入“五毒”，实在是冤枉了它，莫说两只壁虎，就是壁虎跑到厨房开年会，也不会调制出有毒的汤羹。所以，真正的凶手，恐怕还是那位和弟弟有着不明不白关系的妻子吧。

八、乾隆年间的“隐身人系列强奸案”

上学时读《笑林》，对其中一则记忆颇深。有个楚人家里很穷，读《淮南子》时看到这么一句话：“螳螂伺蝉自障叶可以隐形。”就是说螳螂捕蝉时，为了不让蝉发现，就用一片叶子挡住自己。可这位楚人却误读成那种叶子具有“隐身术”的功能，于是跑到大树底下等着。终于等到一只螳螂用树叶挡着自己捕蝉了，他伸手就去拿那片叶子，谁知叶子落在地上，跟其他的落叶混在一起，不知是哪片。楚人便把所有的落叶都打扫到簸箕里，回到家一片一片地遮着自己问老婆：“你还能看见我不？”他老婆一开始还一本正经地配合他说：“能看见你！”后来实在是烦了，就说：“看不见了！”楚人大喜，以为终于找到“隐身树叶”，便跑到集市上，用那片叶子挡着脸去拿人家的商品。结果他被抓进县衙时，还兀自念叨：“应该看不见我才对啊……”

楚人虽蠢，但隐身术和腾云驾雾、炼金术、钻墙术、长生不老术一样，都是古人特别热衷于修炼的“仙术”，至于修炼隐身术的目的，似乎总有些见不得人。

1. 曾广：不仅隐身还“大变活人”

在我所读过的古代笔记中，写隐身术最多的，大概要算是明代学者钱希言所著笔记《狯园》了。此书多记万历年间的志怪事，为后世所看重，尤其是蒲松龄。《聊斋志异》中的不少故事即从《狯园》中踵事增华而来。

《猞园》中大约有三篇提到了隐身术。一篇写一个外号叫“顶缸和尚”的人，“得分身隐形之术”。出入往来，变幻莫测，前后左右，踪迹无定，与人一起走路时，经常突然就不见了踪影，正疑惑时他又冒了出来，总之神神道道的。还有一篇写洛阳人韩清的。此君从小修炼道术，“渐能分身隐形”。他的父亲是县里看仓库的，有一次弄丢了库银，跟韩清的妈妈一起都被县令抓了起来，正在公堂上审讯，韩清突然出现在了公案旁边，吓了县令一大跳。韩清弄了一盆水泼在地上，顷刻间，县衙“已成大河，波涛汹涌”。韩清又捡了片树叶往河里一扔，变成一条小船，他拉着爸妈上了船，“俄而渐灭”——用隐身术带着爹妈一起越狱去也。

不过《猞园》中记录的最奇特的“隐身术”，还要属万历年间的妖道曾广一案。曾广曾经聚众举事，失败后被捕，“讯验不服，司法官强伏其辜”，然后将他拉到法场处斩，围观者甚众，有数百名官吏士兵和上千名普通群众。就在要行刑的一瞬间，曾广突然隐身而匿，“惟缚绳存焉”！

行刑官赶紧跑去报告刑部尚书，谁知曾广突然出现在了刑部大堂上，穿着行刑时的衣服，“倚柱而啸”，狂妄自得。只是一双手还背在后面，做出被绑缚的样子。整个刑部的大小官员都吓得不行，不敢动弹，最后还是兵士们一拥而上，把他活捉。刑部尚书大怒，吩咐左右将曾广再次押赴刑场问斩，“不待时而决”！谁知刚刚把曾广押出刑部大堂的大门，曾广突然倒在地上，扶起一看竟然换了个人，是一位白胡子老头。大家伙正面面相觑、一头雾水，刑部的守门吏扑过来就喊：“爸，您怎么在这里？”原来这老头“乃即守门吏之父也”！老头照着儿子就吐了一口唾沫，愤愤然骂道：“我在家里的炕上打盹儿，不知怎么的就被你和你的同僚绑缚到此，我到底犯了什么罪？！”众人看老头的形貌，“犹朦朦如睡中”……

三天后，有人在顺成门（今宣武门）外见到曾广正在一座戏楼里看戏。戏散后，曾广又“频上酒楼吟咏自若”，而见到他的人“终不敢言之”，很久后才把消息告诉了宫禁中人，万历皇帝“亦怅然知广化去不死矣”！

2. 张叟：追踪拆穿“隐身人”

从上述几则笔记可以得知，古代热衷于学习隐身术的人，多是为了在关键时刻逃命。而清代学者俞蛟在《梦厂杂著》中所写的轰动广东的“隐身人系列强奸案”中，那名罪犯学习隐身术的动机则卑劣至极。

乾隆年间，广东陆丰有个姓张的老人进城探亲。“时当长夏，骄阳酷暑不可耐”。他走进路旁一片茂密的小树林里暂憩，但见“林隈矮屋，半间土神祠也”。忽然，土神祠前人影晃动，闪出一个 30 岁左右的男人，肩上扛着一把雨伞，对着土神的泥塑解开裤子就尿。张叟大惊，想哪里来的大胆狂徒，竟做下这等亵渎神明之事！那人尿完，从背囊里拿出一个瓷盆，接了些清水，盖上盖子，埋在土神祠后面，然后扬长而去。张叟见他走远了，赶紧溜出来，挖出那个瓷盆，打开盖子一看，只见清水中浸有一道画符，心知有异，便将水和画符都倒掉，把瓷盆藏在身上，尾随在那个男人后面，看看他到底想要干什么。

只见那人来到一处村落，“凡所经人家，必徘徊审视而后去”。这么在村子里绕了一圈，他来到一户半开着门的人家，钻了进去。张叟一看，不禁大吃一惊。原来这正是他要来探望的亲戚家，便赶紧往里跑，与一个从里面往外走的人撞了个满怀，原来是张叟的舅舅。张叟急问：“刚才进去的那个人是谁？我怎么从来不认识？”其舅一脸茫然：“你说谁？家里没有来别人啊！”张叟说：“我从邻村一直跟踪他至此，明明见到他进了您家里，难不成我老眼昏花，白日见鬼吗？”其舅看他神情紧张，不像是开玩笑，拉着他进了家，在院子里遇到书童仆人，挨个问去，都说没见到外人。张叟越发惊诧，在各个屋子搜索都没有见到那人，直到来到后院，见墙上挂着一个雨伞，正是那人肩上所扛！张叟问舅舅：“这把雨伞是你们家的吗？”舅舅一时犹豫，还没说话，一个家丁跑过来说：“刚才我在内室打扫，忽然撩起一阵风，好像有人进来似的，但我却什么都没有看到。”张叟一听，直闯内室，见那人正站在床后，一把将他擒住，“遂现形”！

于是举家齐聚，将那人捆绑了个结结实实，怕他又隐身，还给他身上泼了很多粪水（古人认为泼洒秽物可以使妖人的法术失灵）。一番审问之后，那人招供，说自己“同伴尚有五人，皆行斯术者”。话音未落，就有 5 个人来到大门口，说自己的同伙被抓住了，让张叟及其舅舅马上放人。张叟非常愤怒，没想到做坏事的人还敢理直气壮地亮牌来要人，不禁破口大骂。对方为首者说：“现在这种情况，你们如果报官，就要拿出他隐身的证据，他不施法术就无法隐身，官府不会相信你们，到头来还是会放了他。当然你们也可以用私刑将他杀死，但不要忘了，我们这些人是他的同伙，也都会隐身术，定会替他报仇。难道你们就不怕哪天突然掉了脑袋都不知道谁砍的吗？”

张叟一听傻了眼，跟舅舅一合计，一来家里毕竟没有遭受什么损失；二来“杀之虽快一时之愤，而后患诚不可防”，便将那人放了。

3．俞蛟：秘密调查王氏受辱事件

与此同时，广东兴宁也发生了一桩奇案。

当地富户罗某有个儿媳，姓王，“姿容清丽，风情绰约，乡人私评，谓其色可甲一邑”。王氏也知道自己青春貌美，容易招蜂引蝶，所以深居简出，平常外出总戴个面纱，就算罗家的亲戚来串门也“不能尝睹其面也”。

有一天，邻居家娶媳妇，“彩舆箫鼓，备极豪华”。王氏非常好奇，“启门露半面窥之”。正好有一位客人经过，不禁为她的美貌惊呆，凝眸注视，吓得王氏赶紧把门关上了。

当夜，有人摸上王氏的床，王氏仿佛被梦魇一般“不能拒”。第二天早晨，家人才得知此事，同时发现“堂中有盆覆地”，打开一看，竟是一泡屎，而餐厅里的食盒也被人打开了，里面的食物不见了。守门人说昨晚并没有看到有人出入。大家知道这里面有鬼，当夜没有人入睡，“聚男女老幼于一室”，尤其是保护好昨夜受辱的王氏。结果，那个看不见的奸污犯“不能逞其欲，遂掷瓦砾、碎盆”，还在饭菜里掺上泥沙粪便，搞得全家人不敢吃饭，只在市面上买些水喝，“如此数月，不堪其扰”。

当时，《梦厂杂著》的作者俞蛟恰在兴宁任典史，秘密调查这一事件，“则其家连日杜门不出，以未有叩门入者”。几天后听说罗某实在忍受不住了，便跑到龙虎山上找张天师除妖，往返两个月才带了三道符箓回来，“数日后云怪已绝，宁谧如初矣”。俞蛟觉得奇怪，便向绅耆们打听事情的真相，大家告诉他：“既然求来了张天师的符箓，那么肯定已经将那隐身人抓住了，但抓住后，如果报官，隐身邪术无法验证，没有法律可以制裁他，所以多半是私刑杀掉，然后毁尸灭迹了。”

俞蛟详细了解后，才知道这种隐身邪术已经在广东多地害人，学术者一旦术成，便流窜到别人家中，“择其妇女之色美者任意污之”。那些学艺不精者往往败露被擒，被受害者的家人“杀而缚之，焚其尸以灭迹，邻里即知之，亦不首”。张天师的符箓对付这种邪术有奇效，符箓一式三份，求得者要在县境、城隍庙和家门口将其焚化，那么隐身者一到别人家门口就会现出原形。前文提到的张叟能看见别人都看不见的隐身者，很可能是因为他亲手倒掉了隐身者施术用的那盆浸有画符的清水，并将其盆携于身上之故。

据《广东通志·职官表四十八》记载，俞蛟于乾隆五十八年（1793）以监生任兴宁县典史。《梦厂杂著》的校点者骆宝善有云：“本书所记，多为他亲自经历和目睹耳闻者。”所以发生在广东的这一系列“隐身人强奸案”很可能确有其事。不过笔者以为，迄今世界各国还在研究中的“隐身衣”或“隐身术”，是不大可能在200多年前就出现的。如果仔细研读俞蛟的笔记，真正可以确认的只有“广东各地发生系列入室强奸案”这一条而已，其他不是道听途说，就是假语村言。最大的可能恐怕是乡民们抓住强奸犯后不想报官，直接将罪犯杀死，然后编出这么一套“隐身人”的故事，万一官府问起来好有个说辞——有清一代，百姓最怕官司。被告吃多少苦头就不必说了，原告同样要遭到层层盘剥，下场有时比被告还惨。所以他们宁可私下解决，然后报给官府一个妖异的动机。而官府需要的，也不过是一个应对上司盘诘的借口罢了。

老话说，“好事不背人，背人没好事”，真是至理名言。乐清女孩搭顺风车遇害后，有些滴滴司机在群里污言秽语诟骂死者，最后被绳之以法，真是大快人心。对此类渣滓，恐怕是要奉送对联一副，上联“网络不是法外之地”，下联“匿名岂能隐去形骸”，横批“恶有恶报”，岂不正合适？

九、“拍脑袋”引发的奇案

众所周知，凶杀案中有相当一部分属于“激情犯罪”，如喝酒喝高了，谈话谈崩了，玩笑开过了，情绪引爆了，于是不计后果地采用暴力手段，最终酿成惨剧，事后追悔莫及……所以说，修身养性是每个人必做，而且一做就是一辈子的功课。宁可被鸡汤灌饱，也不要让烈酒灌醉，对己对人，都有好处。

不过有一种案件，在现实中极其罕见，那就是“激情之后的误会”引发的杀人事件。国学大师俞樾在《右台仙馆笔记》中记载的一桩堪称有清一代屈指可数的奇案，即属此类。而且这样的奇案居然还有一位“孪生哥哥”，更令人感叹大千世界无奇不有。

1. “拍脑袋”竟变成了掉脑袋

俞樾，清末经学家、古文字学家、书法家，他一生著述丰富，在海内外享有极高声望。想弄明白他到底有多“牛”，只要知道他的无数弟子中有一位名叫章太炎就可以了——弟子都是一代宗师，弟子的师父是何等才具，可想而知。

俞樾虽然是国学大师，却并不像人们想象中那样古板和迂腐。正是他将《三侠五义》改成了《七侠五义》，使这部小说得以广泛流传。而《右台仙馆笔记》收录轶闻异事600余篇，虽然不乏鬼狐仙怪，亦多考证之笔，对当时的社会风情有着很生动的展示，其中记载了这样一则凶杀奇案：

“某甲，农家子也，其父母爱之。”由于身体荏弱，他干不了农活，恰好叔父在市面上开个药店，他就去那里做个学徒。而他的叔父是个酒鬼，一日不饮便一日不欢，因而经常打发侄子到对面的肉铺去买酒。某甲当时只有十二三岁，生得面皮白净，眉目姣好，肉铺的老板娘很喜欢他，只要他来打酒，经常多给他打几钱。

时光荏苒，转眼间 4 年过去，某甲已经长成了一个十六七岁的小伙子，按照现在说就是一个正值青春期的高中生。这一天他又来打酒，肉铺的老板娘故意逗弄他：“小哥，你知道我喜欢你吗？”某甲点点头，老板娘又说：“这么多年每次我都给你多打几钱酒，你怎么回报我呢？”某甲情窦初开，见这徐娘半老、风韵犹存的老板娘眉目含春，早已酥了骨头，便与之携手登楼了。

这之后，两个人都尝到了甜头，只要肉铺老板不在家，老板娘就招某甲来行好事。这一年中秋节，药店里的学徒们相约一起去赏月，走到半路，突然下起雨来，大家连忙往回跑，某甲落在最后面，等赶到药店时，已经上了门板。某甲想，叔父和诸位师兄弟估计已经睡下了，这时敲门，必然会挨一顿责骂。他正不知道该如何是好，对面肉铺的二楼窗户突然打开了，老板娘“见甲在下，招之以手”。某甲问：“这么晚了还不睡，老板呢？”老板娘回答说：“他不在家，去另外一个镇子买猪去啦！”

一问一答是说给街坊四邻听的，个中的意思只有二人能解。某甲“登楼而寝焉”。谁知二人正在共赴巫山之时，楼下突然有人敲门，原来是外出买猪的老板，半路下雨，没有带雨具，折返回家。某甲一时慌了神，老板娘倒很镇定，让他藏在门后面。她开门让丈夫进屋时，然后给丈夫一块大毛巾擦头，某甲趁机溜了出去。

侥幸没被捉奸，可是却依然无处可去，某甲站在雨里，发现自己的帽子落在老板娘的屋子里了，一时间脸上被浇得水洗一般。恰在这时，对面二楼的窗户又打开了，老板娘探出头来看他去了哪里，他用手比画着问她“老板咋样了”。她低声说：“醉而眠矣！”某甲拍了拍自己的脑袋，意思是帽子落在楼上了，“且伸手作索取之状”，老板娘点点头。

某甲在楼下等着她把帽子拿给自己，突然吱呀一声，肉铺的门开了，站在门口的老板娘招呼他说：“你快点进来吧。”某甲大吃一惊说：“老板在家，你招我进去做什么？”耳畔传来老板娘的狞笑声：“我听你的，已经把他给杀了！”

2．深夜别推虚掩的门

某甲吓得目瞪口呆，一面往肉铺里面走一面问：“我几时让你杀你丈夫了？”老板娘说：“你不是摸了摸头颅，又做了个摘的手势吗？”某甲顿时哭笑不得，“登楼视其床，赫然死人也”。

点亮油灯，望着肉铺老板的尸体和被鲜血染红的床单，某甲沉思了片刻，问老板娘用什么刀杀的人。老板娘说是宰猪用的屠刀，然后依偎上来笑吟吟地说：“外面的人都知道他出远门买猪去了，这黑灯瞎火的雨天，也没人见他回来。咱们把他拉到后院埋了，别人肯定以为他失踪了，从此就没人妨碍你我的好事了……”某甲却不接她的话茬，继续问：“刀在哪里？”老板娘从床底下取出鲜血尚未凝固的屠刀：“就是这把，你看……”

她的话还没说完，某甲夺过屠刀，一刀砍在了她的脖子上！老板娘惨叫一声，一命呜呼。

某甲把屠刀扔在地上，找到自己的帽子，戴在头上，然后吹灭了油灯，下楼出门，直奔回自己家。父母见他深更半夜冒雨归来，都很吃惊，他却神情自若地说：“我跟药店的师兄弟们一起赏月，赶上下雨，见离家不远，就干脆回家了。这阵子比较劳累，我打算在家小住几天。”

再说药店旁边住着一个皮匠，向来垂涎肉铺老板娘的美貌，只是没得到机会。这天晚上他喝了一点酒，见外面下起雨来，等雨停了才回家，路上“过屠肆之门，见门虚掩”，想起白天碰见肉铺老板，说是要去外地买猪，想必现在不在家。皮匠顿起淫心，“私计妇必独寝于楼，乃登其楼”。可刚一上去就被什么绊了一跤，用手一摸，手上全是黏黏的东西，点亮油灯一看，“则屠死于床，妇死于地”，自己的衣服上、鞋上都沾满了鲜血，“惊而走出，归而闭户，卧久之”。

天色大亮，一条街上的商户们都打开门来做生意了。肉铺的门敞开着，却不见人出来。有好事的邻居进去一看，发现了尸体，连忙报官。官府来人，顺着血脚印追到了皮匠家，将他锁拿。一顿严刑拷打，皮匠抵不过，只好承认是自己杀了屠户两口子，准备接受死刑。

几天后，某甲结束了“休假”，回到药店，师兄弟们告诉他说：“隔壁的皮匠杀了对面肉铺两口子，今天就要开刀问斩啦！”某甲一听，立刻说：“这是我做的，怎么能让皮匠代我受死？”吓得叔父跳起来捂他的嘴。某甲挣脱，跑到县衙，“挝鼓以闻，述本末”。县令十分好奇他为什么要杀老板娘，某甲说：“那女人看我一个手势就杀其夫，心地实在太过歹毒，不能不除！”县令夸奖他是个义士，“末减其罪，竟不死”。

俞樾在《右台仙馆笔记》中专门强调“此事前在新安，闻诸程君心言，曾记载其事，岁久稿佚，遂不能举其姓名乡里矣”。意思是这件事情是真实的，并非杜撰，但接下来的一句话却格外吸睛：“唐沈亚之所撰《冯燕传》，颇与此类，古今事固有相同者乎。”意思是这样的奇案居然无独有偶，这便让人好奇了，《冯燕传》到底讲的又是一件什么样的事情呢？

3．是自首还是夸功？

沈亚之是唐代文学家，他曾投韩愈的门下，与著名诗人李贺有很好的私交。他所撰写的唐传奇对后世影响很大，《冯燕传》就是其中之一。

“唐冯燕者……少以意气任专，为击球斗鸡戏”。有一次，集市上有人为争夺财产斗殴，冯燕本来是去劝架，结果不知怎么的变成了打架，失手打死了一个人。官府抓捕他甚急，他只好逃到了滑城，经常和当地驻军一起踢球。主管官员贾耽知道冯燕很有才能，索性把他留在军中效力。

这一天，冯燕外出办事，见街边有个妖艳的妇人正用袖子半遮着脸看他，眼神十分勾人，冯燕便上前与她勾搭成奸，完事才知道这女人乃是滑城驻军将领张婴的妻子。不久之后，张婴听说了妻子趁自己不在家，有不检点的行为，便把妻子狠狠揍了一顿，妻子的娘家人因此都十分痛恨张婴。

不久之后，军队里举行酒宴，冯燕和张婴都参加了。冯燕找了个空子，又溜到张婴家里，与其妻通奸。不久张婴也醉醺醺地回来了，妻子打开门，张婴扑到床上倒头便睡，冯燕溜到门口，正待出门，发现自己的头巾还压在张婴的枕头底下，便用手指了指头巾。由于那头巾与张婴的佩刀离得很近，张婴的妻子误以为冯燕是让自己拿佩刀给他，一刀结果丈夫的性命，于是毫不犹豫地把刀取来递给冯燕。冯燕看了看她，拔刀就将她砍死，拿着头巾离开了。

第二天一早，张婴起床，见妻子人头落地，大吃一惊，搞不清是怎么回事。他正懊恼间，街坊四邻听说了凶讯，冲进门来，将张婴绑缚了，并在送官的路上，遇到了其妻的娘家人。虽然张婴一直分辩说人不是自己杀的，但“妻党”们平日里就对他积了一肚子怨气，这时岂能善罢甘休？老丈人指着他的鼻尖痛骂道：“你平日里就经常因为一些小事殴打我的女儿，现在竟然杀了她，还敢不承认！”说着将张婴绑在路边的树上，用鞭子抽了百余下，直抽得他血肉模糊，然后才将他送至官府。官府当即下达了死刑的命令，司法官带着一群士兵，将张婴押解到集市上准备开刀问斩，“看者围面千余人”。

就在张婴即将人头落地之时，突然有人高喊着“刀下留人”冲进了法场，此人正是冯燕！冯燕大声说：“是我和张婴的老婆有了奸情。那一晚，我只让那女人拿块头巾，没想到她误解了我的意思，竟把张婴的佩刀给我。我觉得那女人心如蛇蝎，才举刀杀之，张婴是无辜的！”

围观的千余人没想到“剧情”竟出现如此大逆转，呐喊着将冯燕拥到了官府。贾耽听说了整个案情经过，上奏给皇帝，表示愿意交出自己的官印来赦免冯燕的罪，皇上觉得冯燕乃真豪杰，便下诏说，凡是滑城犯死罪的人，一律免死。

不知道读者看了这则故事，会有什么样的感受，反正笔者掩卷遐思，觉得这篇文章集聚了“一窝子混蛋”：一个通奸者杀死了自己的情妇，可谓犯下了双重罪恶，而只因为他杀的女人“心如蛇蝎”，竟让下至地方官、上至皇帝一起产生了“义薄云天”的感觉。也许有人会说，冯燕和《右台仙馆笔记》中的某甲敢于自首，不让无辜的人承担责任，值得赞赏，但有两件事不能忽视：第一，死人无法申辩，到底是因为什么引发他们动了杀机，只能听信凶手的一面之词，而凶手熟稔传统文化擅长把女性“非人化”和“妖魔化”的套路；其二，他们那种挺身而出的行径，与其说是自首，不如说是夸功，就像潘金莲、阎婆惜和潘巧云一样，只是《水浒传》中好汉们功业的点缀。只可惜，一群男儿的雄起竟要靠几具女尸做药引，可见病得不轻。

十、悬疑推理：破解唐执玉遇鬼案

在古代，为了达到让嫌犯说出罪案的真相或者对所犯罪行供认不讳的目的，一些官员常常采用装神弄鬼的方式，攻破对手的心理防线，比如寇准夜审潘仁美的故事，就是家喻户晓的典型。但是，普通人为了脱罪而假扮鬼神欺骗官府的行为，则甚为少见。这固然有官方即便是受骗了也不好意思拿出来宣传的缘故，还必须考虑到在金字塔的社会结构下，民对官的敬畏，一如鼠对猫的恐惧，是天生的，是遗传的，是渗透到骨头里和血液中的。大老爷的惊堂木一拍，两旁衙役的水火棍一架，能狡辩几句的就算是好胆量了，有几个敢故意给当官的下套的？何况，那年月也极少有无神论者，头上三尺都有神明，谁敢把鬼请出来替自己遮挡本来就夜半心惊的罪行啊！

唯其稀少，故而“可贵”。正因为如此，纪晓岚记录在《阅微草堂笔记》中的一则“唐执玉遇鬼案”才成为我国古代断狱的经典案例。

1. “浴血而跪”的鬼

许多人以为《阅微草堂笔记》是和《聊斋志异》一样的志怪小说，其实二者存在着诸多区别。就说文体，虽然这两本书都是以奇闻轶事、鬼狐仙怪为素材，但《聊斋志异》的虚构成分更多，是标准的短篇小说集；而《阅微草堂笔记》则大都是随笔杂记，荒诞不经的记述中蕴含着当时大量真实的史实、实事，“间杂考辨，亦有灼见”。我在前面曾经提到，《阅微草堂笔记》的不少文章有一个特点是“前实后虚”，即前面涉及场景、人物——甚至事件本身都是真实的、有史可查的，但是后面的“解答篇”往往就各种妖魔鬼怪齐上，很有“美人鱼”之类的半人半兽的意思。

“唐执玉遇鬼案”却与上述这种结构完全相反，以玄怪始，以“破鬼”终，更像是一篇推理小说。

故事讲述，唐执玉是康熙年间进士，当过大理寺卿、左都御史，以平反冤狱、弹劾权贵而闻名。因为勤政爱民，官声极佳，据说他上的折子从来没有被驳回过。这对苛察刻薄的雍正帝而言，简直就是奇迹，可见君臣二人的关系之好。

有才能，又深得皇帝信任，官运自然亨通。唐执玉于雍正七年（1729）升至直隶总督。虽然做了封疆大吏，但遇到大案要案，他依然喜欢亲自审理。

有一次，县里报上来一起破获的凶杀案，唐执玉细细看过卷宗，确认无误，便在凶手的死刑判决书上签了字。深夜时分，刚刚下完一阵小雨，他在总督府的书房“秉烛独坐”，忽然听见院子里传来尖细而悲切的哭泣声。起初还很远，渐渐地，那凄厉的声音离窗口越来越近。伴随着窗外的风声，枝叶在窗纸上投射出的纷乱不安的碎影，一股恐怖而诡异的感觉顿时袭上了唐执玉的心头。

唐执玉让婢女出门看看是谁在哭泣，谁知那婢女刚一出门，就惨叫一声倒在了地上！唐执玉“自启帘”，眼前的一切吓得他寒毛倒竖：只见一个浑身是血、披头散发的恶鬼跪在台阶下面。唐执玉想到自己是朝廷命官，从来又没做过什么亏心事，怎么能怕一个鬼魂，便“厉声叱之”。那恶鬼边磕头边用一种似哭非哭的声调说：“我是您白天判决的那起命案的受害者，活着时就听说过大人断案如神的威名，特地来找您申冤。杀我的是某甲，县令您却误以为凶手是某乙，我在地下也不能瞑目，请您主持公道，捉甲放乙，为我报仇雪恨啊！”唐执玉赶紧答应了他，那恶鬼才离去。

第二天，唐执玉把涉案的一干人等都叫来提审，他们说起受害者的衣装鞋帽，都与昨晚见到的那个恶鬼相仿。唐执玉越发坚信原来的判决是错误的，要求改判某甲有罪，勒令将某乙无罪释放。而审案的县令百般申辩，坚持认为“南山可移，此案不动”。

看着总督大人和一个县令为了案子在公堂上争执不下，总督府上的一位幕僚怀疑其中另有隐情，便悄悄问唐执玉到底因何执意要翻案，唐执玉就把昨天夜里“见鬼”的事情讲给他听。这位幕僚听完沉思了很久，没有说话。

2. “跳墙而走”的人

傍晚，这位幕僚来到书房外，求见唐执玉。

唐执玉将他请进来，问他什么事。幕僚与他展开了一段非常有趣的对话：“敢问大人，昨晚您见到的那个鬼是从什么地方来的？”

唐执玉道：“院子里传来一阵子悲切的哭声，推门一看，它自己来到窗外台阶下面的。”

“那鬼又是怎么离开的呢？”

“它申诉完毕，我答应它改判，它就跳墙而走了。”

“大人，我看古书的记载，凡是鬼魂都是‘有形而无质’，正因为此，所以来去都是飘忽不定的，离开的时候应该瞬间就消失了，怎么还带跳墙的呢？”

这里面牵涉一个问题：中国古书中的鬼到底长什么样子？很多读者可能根据影视剧或图画书的表现，想当然地认为鬼就是穿着一袭白衣、披头散发的样子，他们或青面獠牙，或惨白的脸上总吊着一个长长的红色舌头，其实这个造型多半是僵尸或厉鬼。我国笔记小说中的鬼虽然不乏阴森可怖的造型，但绝大部分都是“人形气化”。所谓人形，就是看上去和普通人没什么区别：小鬼爱穿青衣，女鬼略施脂粉，老鬼留着白须，男鬼往往有着蓝色或黑色的皮肤，喜欢夜行。偶尔碰上的话，也未必能马上分辨出来。所谓气化，是指鬼看似实体，其实是个气态的东西。《阅微草堂笔记》卷二有一句话，特别能说明古人心中鬼的质地：“余谓鬼，人之余气也，气以渐而消。”所以《左传》里说“新鬼大，故鬼小”，人刚死的时候，鬼还是有点个头的，但会随着时间渐渐挥发，直到彻底消失。

话说回来，那个幕僚就是根据古书中对鬼这样的描述，提出了逻辑上的矛盾：既然鬼是一股气，那么行动大可以飘来飘去，就算是要离开，也不至于翻墙。

唐执玉一下子明白了什么，拉着那幕僚来到“鬼魂”跳墙处进行勘察，发现来去两串明显的脚印，“皆隐隐有泥迹，直至外垣而下”。幕僚指着脚印说：“天下哪里有长着腿脚、走路还留有脚印的鬼魂啊？这分明是那个被判死刑的囚犯的家人买通了什么人，让他假扮受害人的模样，来哄骗大人，嫁祸于无辜的某甲啊！”

唐执玉幡然醒悟，赶紧下令维持原判。

应该说，这起“鬼案”的制造者真够狡猾，利用唐执玉的迷信与推理中的误区（鬼魂的衣着与受害者衣着相仿，二者即为同一人），差点导致他给坏人翻案，使无辜者蒙冤。如果不是那位怀有质疑精神的幕僚发现了传说中鬼魂“有质而无形”的典型特征与现场勘查中的矛盾，没准真的会让坏人奸计得逞。

3．“手足相残”案

无独有偶，同是在《阅微草堂笔记》里，笔者还发现有另外一篇文章，也是一起古怪的灵异案件。但是有了“唐执玉遇鬼案”在前，相信读者看后一定能会心一笑。

有个名叫杨研耕的人，在虞乡县做幕僚。虞乡县令当时兼理晋县的事务，恰好晋县有一件经久未决的案子：哥哥与弟弟斗殴，哥哥不幸死去，但是到底是被弟弟故意打死，还是遭弟弟失手误杀，一直没有明确决断。清代的幕僚，隐形的权力很大，尤其如果官员本人是个懒得理事的庸官，那么其幕僚便是实际上的“执政者”——杨研耕大约就是这种人。这天他看到这个陈年旧案，觉得老拖下去不是个事儿，反正杀人偿命总是没有错的，干脆就判决弟弟死刑。

等到一堆公务办完，已是很晚，也许太过疲惫的缘故，杨研耕走进里屋“未及灭烛而寝”，忽然听见床上的帐钩叮当作响，帐子也像被风吹开一样，呼啦啦地开了一个口子。深夜时分，虽然烛火依旧未熄，但烛光在帐子上的摇曳，以及四周死一样的静谧，让杨研耕有些心慌。久而久之，见一切稍微平息下来，他的心才跳得不那么厉害了。谁知就在这时，一阵狂风吹来，竟将帐子掀开，挂在了帐钩上。杨研耕一惊，连忙坐起，只见一个白须老人正跪在床前不断地朝他磕头！

杨研耕吓得大叫起来："你要干什么？你到底是人是鬼？"那白须老人忽然不见了，只听见外屋的条案上有哗啦啦啦的翻书声。杨研耕披好衣服，起身去看怎么回事，只见睡前合上的卷宗又被掀开了，而打开的那一页正是弟殴兄死的案子。

杨研耕想，这个案子的判决难道有什么错误吗？他把烛光调亮了一些，"反复详审，确实无枉"，心想既然如此，为什么会有鬼怪半夜三更在我的床前磕头呢？他又把卷宗读了一遍，突然有所醒悟：审理的记录表明，发生兄弟内斗的这户人家，四代都是单传，直到这一代其父才生了两个儿子。如今一个已经死去，另一个又要面临伏法，"则五代之祀斩矣"！

杨研耕也想到了那位白须老人的身份，认为一定是这家人的祖先显灵，祈求我给这个家族留下一脉骨血，勿绝其祀吧。既然这样，不若放那个弟弟一条生路吧，这么想着，他便把原来的案件判决书撕掉，重写了一份，以疑案存查为名，暂时不去杀那个弟弟了。

对于这桩案件，纪晓岚在后面写了长长一段评语："余谓以王法论，灭伦者必诛；以人情论，绝祀者亦可悯。生与杀皆碍，仁与义两妨矣。"但是总的来看，他还是认为不能因情而废法："法者天下之事也。使凡仅兄弟二人者，弟杀其兄，哀绝其祀，皆不抵，则夺产杀兄者多矣，何法以正伦纪乎？"

古代案件的判决往往要情法兼顾，遇到手足相残，最为难办。不过我们倒不必在这桩事情上费什么脑筋。对于读者而言，不难猜测的是那位白须老人的真实身份。恐怕他不是什么“祖先”，只是弟弟家事先买通了杨研耕身边的小厮或婢女，在听说他下了死刑判决之后，专门雇请来的一位演员。关键是要在装神弄鬼之外，把卷宗准确地打开在希望重判的那一页。

两起“鬼案”的真相，其最大的意义，也许正在于告诉我们世间本无鬼，只有为了某种利益、欲望而搞鬼的人。从这个角度去看，古人说鬼“有形而无质”，还真有一番道理。

十一、罪证：手掌上的墨迹、锈迹和字迹

如果你摊开手掌，能看到什么？大概只有各种纹理。

古人通过看掌纹来推算一个人的命运，并对此形成了一套理论。传到今天，大概只剩下一些年轻人间神神秘秘地探讨的“生命线”“事业线”“爱情线”了吧。

不过，今天，我们并非要探究古代笔记中的掌纹学，而是要说说古代那些根据手掌上的痕迹破获的案件。

1. 墨迹与铜锈

想起这个题目，是因为夜读《梦溪笔谈》，看到一则不说脍炙人口也是耳熟能详的笔记——“神钟辨盗”。

陈述古密直知建州浦城县日，有人失物，捕得莫知的为盗者。述古乃绐之曰：“某庙有一钟，能辨盗至灵。”使人迎置后阁祠之，引群囚立钟前，自陈不为盗者，摸之则无声，为盗者摸之则有声。述古自率同职祷钟甚肃，祭讫，以帷围之，乃阴使人以墨涂钟。良久，引囚逐一令引手入帷摸之，出乃验其手，皆有墨。唯有一囚无墨，讯之，遂承为盗。盖恐钟有声不敢摸也。

很多人以为《梦溪笔谈》是一部通篇讲石油、化石、透光镜、活

字印刷术等的“科学笔记”，其实不然。这部书跟其他古代笔记一样，也是著者记录在一生中看过、经历过、听说过的一些事迹的“见闻录”。只是因为沈括本身就是大科学家，所以内容上比较“偏科学”。英国剑桥大学的李约瑟博士在《中国科学技术史》一书中按照现代学科分类原则对《梦溪笔谈》进行了分类，包含条目的前三名分别是：轶事、文艺和朝政，第四才轮到生物学。

回过头来说“神钟辨盗”这篇笔记。陈述古本名陈襄，是宋代有名的大臣，他通过准确地把握罪犯的心理特征（做贼心虚，远离一切让自己产生嫌疑的事物）并营建神秘的客观环境，终于成功地将盗贼绳之以法，也使自己成为中国古代智慧人物的代表。“神钟辨盗”的故事在我国古代知名度之高，有例为证：在笔者所读过的古代笔记中，宋代的《折狱龟鉴》、明代的《夜航船》对其都有记录，就连清代蒲松龄在《聊斋志异》中的名篇“胭脂”里，也借鉴了这一故事。手掌上有无墨迹，证明着一个人是否心虚；手掌上有无锈迹，同样可以证明一个人是否为盗贼。古代有过这样一起案件，一个商人和一个盲人一起住店，早晨起来，商人发现自己的铜钱丢了一大堆，见盲人的钱袋比昨天要鼓得多，便说是盲人偷了他的钱。闹到县衙去，县令问商人钱上可有记号，商人说没有，盲人说我的钱上倒有，我的钱都是字面对字面、背面对背面串起来的（当时的铜钱一面铸字叫“字面”，一面没有字叫“背面”）。

县令一听，将盲人钱袋里的钱拿出来观看，果然，所有的铜钱都是字面对字面、背面对背面串起来的。县令好奇地问：“你的眼睛看不见，怎么知道这铜钱的哪一面有字，哪一面没有字呢？”盲人不无得意地说："我用手一摸就摸出来了。"县令笑道："这么说你昨晚没有动过钱袋啦？"盲人摇摇头说自己昨天睡得早，根本就没打开过钱袋。县令立刻让他伸出双手，只见他的手指和手掌上有大量深绿色的铜锈。县令厉声喝道："如果你昨晚没有连夜把偷来的钱字对字背对背地串好，那么你这满手的铜锈是从哪里来的？"盲人一时间哑口无言，只好承认自己确实是偷商人钱的贼。

2．钱袋与银囊

不过关于"手掌上的罪证"，笔者所见过的最精彩的一则古代笔记，要数清末学者、小说家吴研人在《我佛山人笔记》中记载的一件真实的奇案。

有一个人夜里投宿旅店，拿着一个袋子交给店老板说："这是钱袋子，请代为保存，明天还给我。"店老板一面收下，一面登记，并按照规矩大声说："收某某客人钱袋一个！"又把收据递给他说："退房时凭收据还钱袋一个。"当时店里面有很多客人，"踵趾相错，众目睽睽，咸共见之"。

深夜时分，所有客人都睡下了，店老板溜进存放客人物品的房间，把那个钱袋子打开一看，顿时目瞪口呆。因为在当时，所谓"钱"一般是指铜钱，而这个钱袋子里装的是满满一袋子的纹银。店老板立时财迷心窍，便把所有银子都取出，放进去大约同等重量的铜钱。

第二天一早，客人拿着收据来取钱袋，打开一看，勃然大怒，揪住店老板的脖子怒骂道："我这袋子里本来装的是银子，怎么变成铜钱了？”店老板辩解道：“收据上写的是钱袋子，袋子里装的自然就是钱，哪里会有什么银子？”

两个人撕扯着来到县衙，县令审核了收据，又找来几位昨天在旅店里的其他客人，他们都作证说：“当时那位客人交给店老板的确实就是钱袋，我们都听得清清楚楚。”县令认为告状的客人无理取闹，“乃叱而逐之”。客人茫然地在县衙外徘徊了一整天，第二天一早就进去再次告状，“官怒，笞而复逐之”。

客人备感冤苦，夜里在河边转悠了两圈，“扑通”一声跳了下去。说来也巧，一个邻县的县令恰好坐船去省里办事，“泊舟其间，见有自溺者，呼舟人拯之”。救他上岸以后，详细问他到底为什么想不开？客人道：“我是一个铺子的伙计，到其他地方收账回家，投宿旅店，把装着银两的袋子交给店老板保存。旅店那个地方人多眼杂，我怕有盗贼厕身其中，所以不敢说是银囊，只说是钱袋，结果被黑心的店老板偷梁换柱。我现在没脸回去见我家主人了，只好寻死。”邻县县令问他何不去告官？他把自己告状不成反挨打的事前前后后一讲。邻县县令说：“不妨事，明天一早你再去县衙递状纸，我在旁边帮你说话。”

第二天一早，客人拿着状纸又去县衙告状，县令拍案骂道：“你是来讨打的吗？”正在这时，邻县县令来了，跟本地县令说这个案子应该重审。本地县令为难地说：“所有的证据都对他不利，何苦一而再再而三地告状，我看他就是想找那店老板讹一点钱。”邻县县令摇摇头说：“不然。此人说的一定是实话，他如果没有觉得冤屈，为什么要跳河自尽呢？”本地县令无奈，只好重新审理此案。

3．“银”字与“银子”

很快，店老板、作证的其他客人都被传到堂上，本地县令特地把收据展示给邻县县令看，又仔细问询当日在场者，他们再一次异口同声地说：确确实实听到那位客人在托管时说的是“钱袋子”三个字——孤立无援地站在大堂另一头的那位原告，双眼流露出了彻底的绝望。

邻县县令的脑门上也沁出了一层汗。他相信原告确实有冤情，也坚信必定是那位店老板偷了他的银子，奈何在这场文字游戏中，由于原告在托管时模糊了“钱”字的准确定义，反而让黑心的店老板有了偷梁换柱的机会……也许，唯一能反败为赢的机会，只有以毒攻毒，也玩一场文字游戏了。

邻县县令打定了主意，低声问左右的差役说：“这个店老板可有家眷？”差役说：“老板娘在家，因为她没牵涉到这个案子里，所以没有带她来。”邻县县令说：“你马上给我把她传来。”然后提高嗓门对着公堂之上的众人说：“原告的袋子里装的确实是银子，但是被贼人替换了。既然你们每个人都说袋子里装的是铜钱，那就说明你们每个人都有做贼的嫌疑！”

此言一出，众人大惊，纷纷出言为自己洗白，就连本地县令怒视着他，邻县县令也不理他，继续说道：“虽然你们个个抵赖，但是我有祖传的法术可以破之！你们挨个走到我的面前来！”众人不知道他要做什么，又不敢不从，只好依次走到他面前。他只让来者伸出手掌，用笔蘸了红色的油墨，在掌心里写一个“银”字，然后让他们所有人“至庭中，跪烈日下，伸其掌以曝之”，并告诉他们：“偷银子的那个家伙，掌心里的‘银’字，会被太阳摄去！”

“诸人罗跪庭下”。过了半晌，邻县县令大声问一个人“你的‘银’字还在不在？”回答当然是“在”。过了一会儿又问第二个人……这么依次问去，每个人的回答都是一样。

“差役、侍从及观审者，莫不嗤之以鼻。皆以为若是者，直儿戏耳！”他们的嘲笑声令本地县令脸上都挂不住了，觉得哪有这么审案子的，简直把当官的脸都丢尽了！

原告也一头雾水。只有邻县县令正襟危坐，神情坦然。

终于，差役把店老板的老婆找来了。邻县县令把她叫到面前，压低了声音说：“你丈夫把那位客人钱袋子里的银子换成铜钱，十分可恶！现在银子在哪里，你老实说出，我可以减轻你丈夫的定罪。”老板娘自然狡赖：“老爷您说的什么话？哪里有这样的事情？”邻县县令一声冷笑，低声道：“他已经承认了，你还抵赖什么？”他大声喝问跪在庭下的店老板：“你的‘银’字还在吗？”店老板大声回答道：“在！”老板娘一听，吓得跪倒在地说：“老爷我说实话，那位客官的银子就锁在我家的柜子里呢，分文未动！”

堂上大哗！刚才还在嘲笑邻县县令的所有人，此时都惊诧不已！“客之冤乃白，一时遐迩称神明焉。”

说心里话，看了古代笔记中那么多装神弄鬼换取民众“惊以为神”的官员秀，倒是这位没有留下名字的邻县县令引起了笔者的格外尊重。罪恶之所以能够横行世间，往往就是利用了人们在意识上的某些盲点和误区，从中钻了空子；而最“解恨”的方式，莫过于慕容复的拿手好戏——“以彼之道还施彼身”。